KW-221-136

Mon père

Eliette Abécassis

Mon père

ROMAN

Albin Michel

IL A ÉTÉ TIRÉ DE CET OUVRAGE
VING-CINQ EXEMPLAIRES
SUR VÉLIN BOUFFANT DES PAPETERIES SALZER
DONT QUINZE EXEMPLAIRES NUMÉROTÉS DE 1 À 15
ET DIX HORS COMMERCE NUMÉROTÉS DE I À X

© Éditions Albin Michel S.A., 2002
22, rue Huyghens, 75014 Paris

www.albin-michel.fr

ISBN broché 2-226-13384-4
ISBN luxe 2-226-13448-4

À Aurel

1.

IL y a deux ans, lorsque j'ai perdu mon père,
je n'avais plus de goût à la vie. Plus rien,
plus personne ne trouvait grâce à mes yeux,
et je me suis laissé envahir par une force
inquiétante et diffuse, qui m'aspirait, m'em-
pêchant de me lever le matin, de sortir et
de voir des amis, sans que je puisse rien faire.
Je n'avais pas le courage de lire, et regarder
la télévision me fatiguait. Je m'endormais
facilement, mais je me réveillais prématuré-
ment. Je me réveillais, misérable, malheureuse du jour qui se lève, et je me couchais,
sans attente du jour qui suit. Je déambulais
dans mon appartement, seule, et je commen-
çais à perdre tout espoir de retrouver un sens

à mon existence, lorsqu'un matin, j'ai reçu une lettre venant d'Italie, de la part d'un homme qui cherchait des renseignements sur un certain Georges B.

Georges B., c'était le nom de mon père. L'homme qui m'avait adressé ce courrier ne m'en disait pas plus, mais il me priait de lui répondre rapidement, car « c'était une chose importante pour lui ». Je lui ai aussitôt renvoyé un message, dans lequel je lui écrivais que je connaissais la personne qu'il recherchait, qu'elle était décédée, et que j'étais sa fille. Quelques jours plus tard, j'ai reçu un mot du même individu. Il me disait qu'il s'appelait Paul M. et qu'il était le fils de mon père.

Alors je me suis souvenue d'une photo, une photo d'un petit garçon que j'avais trouvée dans la veste de mon père. Sans pouvoir l'expliquer, immédiatement, j'ai su que cet homme disait vrai.

2.

ÉTAIT-CE parce que je n'y croyais pas, ou que je ne voulais pas y croire ? Je n'ai pas pleuré lors de la mort de mon père. J'ai appris la nouvelle que j'attendais, car l'on s'y prépare toujours. Depuis l'enfance, lorsque l'on apprend que la mort existe, on pense à la mort des parents. Je suis restée ainsi, interdite, insensible, je ne ressentais rien sinon un grand vide d'émotion. J'aurais voulu pleurer, mais cela ne me touchait pas, ne m'atteignait pas. C'était comme une nouvelle qui ne m'aurait pas concernée, pour laquelle je me serais sentie désolée, mais pas affectée.

On me présentait des condoléances, mais

de moi à moi, je savais qu'il n'y avait personne pour les recevoir.

C'était comme si j'avais perdu la mémoire, comme si j'étais frappée d'amnésie : la mort avait pris toute la place, ayant effacé les souvenirs. Elle s'était installée dans ma vie, simplement, discrètement, comme un animal domestique, comme un chat, elle ne disait pas un mot mais regardait, tournait autour de moi, de son pas suave, de ses gestes souples, de son port délicat, pour me captiver, me séduire, me surprendre.

Je n'avais plus d'enfance, plus de passé, plus d'avenir. Je ne savais plus qui j'étais. Mais si d'aventure on m'avait demandé ce qui n'allait pas, je n'aurais pas répondu. Je n'aurais pas fait le rapprochement entre ma détresse et cette grande fin du sens de ma vie, qu'était pour moi la mort du père.

Mon père

Et tout d'un coup, lorsque j'ai reçu ce message, tout m'est revenu à la mémoire. Les images de mon père qui n'étaient pas là se sont révélées à moi, et les larmes lentement ont coulé sur mes joues.

Mon père au sourire éternel, gravé sur le visage. Mon père aux cheveux gris, mon père aux cheveux blancs. Mon père aux yeux clairs. Mon père au regard perçant.

Tous les jours, mon père se levait très tôt le matin et la maison frémissait, craquelait, dansait sous son pas. Les années passaient, et selon un rite immuable, mon père s'éveillait, faisait ses ablutions, buvait son café noir, puis il me saluait en disant : bien dormi ?, non pas comme une formule de politesse, mais pour réellement s'enquérir de mon sommeil. Tous les matins, c'était le même journal que mon père lisait, assis à la table de la cuisine. Ses yeux suivaient le texte, de page en page, au fil de sa vie. C'était le même disque que mon père écoutait, une sonate qui s'étirait dans la tristesse.

Au milieu de la table, était posée une petite lampe. Durant l'hiver, lorsqu'il faisait encore nuit, elle creusait les yeux et les joues de mon père, entourant son visage d'un doux halo. Les yeux de mon père brillaient sombrement dans la lueur du matin. La musique s'élevait, fervente, profonde, lorsque mon père buvait son café. C'était la mélodie du matin.

L'été, lorsque le jour se levait, vêtu d'un costume clair, touchant dans son élégance maladroite, un peu trop apprêtée, mon père se préparait à partir. Les mois d'hiver, mon père se couvrait d'un pardessus. D'un geste délicat, en baissant légèrement la tête de côté, il mettait un chapeau feutre à l'ombre duquel il abritait son visage.

Avant de sortir, il entourait ma tête de ses mains, et il posait un baiser sur mon front. Puis mon père se tenait près de la porte de la maison, il soulevait le lourd rideau pourpre, et avant de partir, il posait un deuxième baiser sur mon front, comme si nous allions nous quitter pour toujours, et il disait : sois bien. La porte se refermait, et j'entendais le bruit caractéristique de ses pas dans l'escalier. Alors je passais mon visage par la fenêtre, et je le saluais de la main. Il me regardait, la tête haute, souriant.

Et pourtant, dans ce regard, il me semblait qu'il y avait toute la tristesse du monde, et moi qui avais pour lui tout l'amour du monde, je me demandais quelle était la loi qui exigeait que les enfants quittent leurs parents. Par quel mystère fallait-il que père et fille fussent séparés dans la vie, lorsque leur histoire par les lois de la nature était une tragédie, lorsque longtemps ils vivent séparés par la mort ?

Ainsi, grâce à la lettre de Paul M., les images revinrent à ma mémoire, et je compris que l'oubli dans lequel je vivais était le signe du sceau dont mon père avait marqué ma vie.

On ne peut pas mesurer tout ce qu'un père donne, lui qui disait qu'on ne donne que ce qu'on n'a pas. Un père, lorsqu'il transmet, a le souffle éternel. Les lumières s'incarnent dans ses yeux. Lorsqu'il parle à son enfant, la flamme de l'Histoire ne s'éteint pas, mais s'allume et l'anime.

C'est ainsi que mon père survivait à travers moi.

C'est ainsi que je le voyais, et c'est pourquoi je n'ai pas pleuré lorsqu'il est mort, car en moi il était vivant, si vivant que je n'existais plus que par sa présence, si vivante que lui, qui était mort, était plus réel que moi : j'étais devenue mon père.

3.

Au bout de quelques jours, Paul M. m'a écrit un nouveau message, dans lequel il me demandait si nous pouvions nous rencontrer. Il voulait savoir, et moi aussi je voulais savoir, pourquoi mon père ne nous avait jamais parlé de lui, pas un mot, pas un indice, pas une allusion, lui qui était son fils, et mon père le savait. Pourtant, mon père, quand j'étais petite, racontait des histoires et c'étaient des histoires de son enfance, dont il se souvenait avec une incroyable précision, et il y en avait tellement qu'elles semblaient ne jamais se tarir. Mais de son fils, il n'avait jamais rien dit ; jamais rien.

Mon père était un homme austère. Il portait en lui un je ne sais quel tourment peint sur son visage, comme la douleur. Toute sa vie était consacrée à la lecture et au travail : il n'avait que peu de distractions, et peu de vacances. Il ne sortait pas le soir. Il n'allait ni au restaurant ni au cinéma. Il restait à la maison, il rangeait, il écoutait la radio, il méditait, il lisait.

Mon père était un homme de moralité, exigeant sur les principes, rigoureux dans l'application de la loi, intransigeant envers lui-même et envers les autres. Et moi, je pensais que mon père, avec toute sa compassion, n'était pas le genre d'homme qui abandonne son fils.

C'est pourquoi j'ai répondu à Paul M. que j'acceptais de le voir, et que, s'il le désirait, il pouvait venir à Paris, et loger chez moi. J'avais de la place : je vivais seule dans un petit appartement de trois pièces que j'habitais depuis longtemps.

Mon père

Lorsque j'ai vu Paul M. pour la première fois, j'ai eu un coup au cœur. Et je l'ai regardé, déconcertée, frappée de stupeur.

Il ressemblait à mon père d'une façon étonnante. Il avait ses yeux clairs, ses cheveux sombres sertis de fils d'argent, ses traits et le même sourire aux fossettes discrètes, sur les deux coins de la bouche.

Son teint olivâtre, ses rides horizontales sur le front, les ridules qui ornaient ses yeux comme des soleils sur les dessins d'enfant, et sa morphologie longiligne étaient ceux de mon père. Plus singulièrement encore, ils partageaient la même démarche, et malgré son accent italien, Paul M. avait la même façon de parler, la même voix, avec son timbre et son intonation vibrants.

Il paraissait tout aussi ému de me voir, moi qui ne ressemblais pas à mon père. Il me scrutait, me dévisageait, comme je le faisais, à la dérobée.

Nous nous regardions, nous ne savions pas

par où commencer. Imperceptiblement, j'ai senti la présence d'un danger, et un grand frisson a couru le long de mon échine. Qu'est-ce que tout cela pouvait bien signifier ? Quel allait être le sens de cette rencontre pour moi ? Pour quelle raison profonde avais-je si spontanément accepté de voir cet homme ?

Il s'est assis sur un siège, a bu d'un trait le verre d'alcool que je lui ai servi. Puis il y a eu un silence, que je ne tentai pas de rompre. Depuis la disparition de mon père, j'étais habituée au silence.

Paul M., l'air grave, était assis, droit, presque raide, le regard fixé sur moi, comme s'il tentait de se reconnaître à travers moi, ou peut-être de rencontrer l'homme qui était son père, mon père. Et moi, j'avais l'impression de voir une apparition, dans ce salon, une image venue d'un autre temps, le temps de mon père – qui, pourtant, lorsqu'il venait chez moi, n'était pas gêné comme l'était Paul M., il était chez lui chez moi.

Mais je retrouvais à travers ces yeux, cette bouche aux lèvres fines, légèrement pincée, dans l'expression même de ce visage lorsqu'il buvait, celui qui m'avait quittée.

Alors seulement j'ai compris combien j'étais blessée, combien j'en voulais à mon père d'être parti, de m'avoir laissée seule et isolée, sans personne dans ma vie, et face à moi-même, seule dans le vide de mon père.

Pour faire face au silence qui perdurait, Paul M. a repris son verre. Puis il m'a dit qu'il était venu me voir parce qu'il désirait obtenir des renseignements sur lui, sur ce père dont il ne portait même pas le nom.

Il voulait savoir ce que mon père disait, ce que mon père faisait. Il voulait pouvoir imaginer quel genre d'homme était son père.

Mon père

Ainsi, Paul M., ce parfait inconnu, se retrouvait-il chez moi à vouloir parler de ce que j'avais de plus cher et de plus intime, et moi, enfant unique, enfant chérie du père, soudain j'avais quelqu'un avec qui je pouvais m'entretenir, et, chose étrange, surprenante, c'était mon frère.

— Voici, ai-je dit à Paul M., comment était mon père : mon père était libraire. Il vivait au milieu des livres. Les clients venaient et lui posaient des questions, et il répondait. Voyageur de l'esprit, il pouvait se transporter dans n'importe quel pays et n'importe quel siècle. Il avait ce don particulier d'animer les époques lointaines et de leur donner vie, par une sorte d'intuition profonde. De chaque chose, il parlait avec enthousiasme.

Mon père était ainsi : un passeur, un animateur de vies, un donneur de rêves, un promeneur de l'Histoire. Souvent, je me demandais : d'où sait-il tout cela, et par quel mystère, et quelle réminiscence ? Souvent, il m'étonnait par la clarté de ses idées, par leur savante anarchie, par leur originalité, et par la claire disposition de son esprit lorsqu'il vagabondait parmi les concepts.

Mon père savait tout, et il devinait ce qu'il ne savait pas. Par l'intuition et la déduction, mon père régnait sur les mots et sur les choses. Et moi je l'écoutais, comme si le temps s'arrêtait, là, aux portes de sa mémoire, sur le perron d'où il regardait l'horizon, d'où il méditait, d'où il m'apprenait les mots et les choses ; les choses, que j'ai connues par ses mots.

Dans sa boutique minuscule, les livres vieux et jeunes s'amoncelaient comme les feuilles d'automne, sur lesquelles soufflait le vent de ses paroles. Devant moi, il recréait le monde. Et pour moi ont eu lieu maints voyages : celui des grandes légendes, des rois et des chevaliers, celui des vies des jeunes filles et de leur amour, celui des tragédies et de leurs héros au grand cœur, et bien d'autres choses encore. Et de sa voix montait l'écho lointain des luttes entre les forces qui portent l'histoire des peuples, entre le Bien et le Mal, l'ignorance et la vérité, l'injustice et la haine, et toutes les idées philosophiques.

Enfant, je l'accompagnais dans sa petite librairie, jonchée de livres et d'objets, que fréquentaient toutes sortes d'hommes et de femmes, habitants du quartier. Ils venaient lui demander des conseils, sur la littérature, mais aussi sur la vie. Mon père sans compter donnait son temps aux autres.

Avec lui, je feuilletais les nouveaux ouvrages, je les rangeais, puis je l'écoutais lorsqu'il conseillait les clients, je le regardais. Dans un coin, je l'attendais. Dans ces moments, je n'étais pas seule.

Je passais beaucoup de temps dans sa librairie. Ce n'était pas pour les livres : c'était pour les paroles. Je croyais que j'avais pour mission de glaner les mots de mon père comme on cultive des fleurs, comme on recueille des gouttes de rosée dans un pays de sécheresse.

Mon père était un maître et moi, bien que fille, j'étais son disciple. Enfant, je voulais savoir tout ce qu'il savait, et penser tout ce qu'il pensait. J'étais son élève, son fidèle, son adepte.

Ainsi, fille de mon père, j'étais aussi le fils de mon père.

Paul M. m'écoutait attentivement. L'air sérieux, pénétré, il m'a demandé de son accent chantant, en roulant les *r*, ce que mon père m'avait appris.

Que lui dire, que répondre puisque j'ai connu le monde à travers ses yeux, puisque j'ai connu la vie par ses paroles, que choisir précisément ? Précisément : voilà un mot du père, un mot que mon père employait souvent.

Des petites choses, comme faire du vélo, compter, écrire ou parler, jusqu'aux choses les plus importantes, le Bien et le Mal, la vérité et l'erreur, le sens de la vie, que révéler de ce que j'avais appris de mon père, sur ce qu'étaient les hommes, sur leur grandeur et leur décadence, sur l'Histoire apportée pour moi par mon père, de tout cela, s'il ne fallait retenir une chose, que serait-ce ?

Il y avait, chez lui, cette patience, cette confiance inspirée par lui, pour lui, il y avait la tendresse au sein de l'exigence, de la volonté. Il y avait, dans son regard, une sorte d'aménité, et aussi de la dérision. Il y avait une douceur maladroite, fragile, comme un élan timide, mais il dictait la loi.

A travers tout ce que mon père m'a appris, les petites choses et les grandes, tout le savoir qu'il m'a transmis, et les règles de conduite, et la vérité sur la vie et la mort, les poèmes

Mon père

et les romans, et la philosophie, mon père
m'a initiée à l'initiation, mon père m'a ensei-
gné à transmettre, mon père m'a appris à
apprendre, mon père m'a donné l'amour sans
lequel je n'aurais jamais été capable d'aimer,
mon père est un relais de tous les pères pour
que la lumière se prolonge, mon père est un
maillon dans la chaîne des pères qui jamais
ne doit s'arrêter, depuis l'origine jusqu'à la
fin du monde, cela nous le savons, mais pourquoi, nous ne le saurons sans doute jamais.

4.

ALORS j'ai cherché dans ma mémoire toutes les phrases de mon père, et elles étaient là, gravées, presque à mon insu, dans mon esprit, gardées, conservées, imprimées comme sur un livre dont je pouvais feuilleter les pages. Mon père n'a jamais écrit de livre : il était un homme de paroles. Je l'ai toujours regretté car je craignais que ses mots ne restent pas. En fait, j'avais peur que mon père ne fût pas éternel. J'étais terrifiée par l'idée de sa mort. Enfant, lorsque j'ai appris que la mort existait, j'ai demandé à mon père au sujet de chaque personne que je connaissais si elle allait mourir, et mon père, inéluctablement, répondait par l'affirmative. Mais je n'ai pas osé lui demander si lui aussi allait s'en aller, car je craignais de le vexer. C'est pourquoi pendant longtemps, je suis restée dans le doute qu'il fût mortel, et dans l'espoir que lui du moins échapperait à cette horrible fatalité.

En retrouvant inscrites en moi les phrases de mon père, je me suis rendu compte que le livre de mon père, c'était moi : de la même façon que les livres sont les enfants de l'écrivain, les enfants sont les livres des pères. Et enfin j'ai eu la réponse à ma question : l'immortalité de mon père, c'était moi.

Mon père m'a appris que le langage est essentiel pour l'homme, car c'est par la parole que l'homme a accès au monde. Mon père disait : bien s'exprimer, c'est difficile. Mon père disait : les mots sont les maîtres de la pensée.

Mon père disait : il ne faut pas oublier que nous avons des ancêtres. Mon père disait : la présence de notre passé est si proche que l'on peut tendre la main pour y toucher.

Mon père disait : l'extase, c'est l'art qui peut la procurer, et l'amour aussi.

Mon père disait : on ne peut pas être heureux, on peut être joyeux.

Mon père disait : pour les rencontres d'amour, c'est troublant de penser que finalement, c'est le hasard qui décide seul. Mon père disait : il ne peut y avoir plusieurs amours absolus. Mon père disait : l'amour, quand on est jeune, est d'une violence inouïe, absurde, et après, on devient sage. Mon père disait : l'amour fou, c'est un des grands événements de la vie, comme la poésie à son plus haut niveau.

– Moi, dans ma vie, a dit Paul M., je n'ai pas eu plus de trois amis. Et je n'ai pas été heureux, même si parfois j'ai pu être joyeux.

Mon père

Paul M., en disant ces mots, a eu l'air très triste, et j'ai senti qu'il était un homme blessé. Il m'écoutait avec une telle attention que j'ai compris qu'il était en train de se recréer une mémoire à travers les souvenirs que je lui confiais comme des cierges dans l'obscurité, comme des bijoux anciens sortis d'une boîte de bois peint. Il s'imprégnait de mon passé, il se nourrissait de ces mots comme un affamé à qui l'on sert un mets raffiné.

Alors j'ai réfléchi, essayant de rassembler pour lui les fragments épars des mots de mon père, et soudain, les souvenirs me sont revenus, et l'un appelait l'autre, comme son ami, le prenait par la main, et l'entraînait dans la ronde de la mémoire, où chaque mot évoque l'autre, et ainsi de suite à l'infini. Je parlais ainsi, et par ma bouche les phrases de mon père étaient dites à nouveau, et à travers ses expressions, c'était lui, c'était lui que j'incarnais, c'était son esprit et sa volonté. Car les mots sont les seuls à pouvoir faire revivre les morts, et le vrai miracle de ressusciter ceux qui ne sont plus, comme celui de la création, n'est autre que le miracle de la parole, lorsqu'elle ne s'oublie pas.

5.

– JE suis né en mai 1942, a dit Paul M.
lorsque je lui ai demandé de me parler
de lui. J'ai été élevé par ma mère dans une
petite ville du nord de l'Italie. De mon père,
elle ne m'a jamais rien dit. Lorsque je lui
posais une question, elle répondait qu'elle
avait connu mon père pendant la guerre, puis
qu'ils s'étaient perdus de vue après ma naissance. Longtemps elle avait cherché sa trace,
mais elle ne l'avait jamais retrouvé, et elle
n'avait pas eu de nouvelles de lui non plus.
Peut-être était-il mort, peut-être était-il
vivant quelque part ailleurs, dans un autre
pays, elle ne le savait pas. A chaque fois que
je lui demandais comment il s'appelait, elle

répondait qu'elle l'ignorait, qu'il avait pris un autre nom, un prénom, et qu'elle n'en savait pas plus. Puis j'ai compris que cette demande la tourmentait, la faisait souffrir, alors j'ai arrêté de la questionner, et c'est devenu comme un non-dit entre nous, un tabou, et je me suis promis de ne plus jamais lui poser de question personnelle.

A ces mots, Paul M. a marqué une pause.

– Lorsque ma mère est morte, c'était il y a deux ans...

– Deux ans, comme mon père.

Ses lèvres ont tremblé légèrement, et lorsque son regard s'est voilé, j'ai reconnu, le cœur meurtri, les signes de l'émotion chez mon père.

– Croyez-vous qu'elle ait pu apprendre la mort de mon père ?

– En tout cas, avant de mourir, elle m'a donné le nom de votre père. Alors j'ai compris qu'elle m'avait menti, et que, pendant toutes ces années, elle ne voulait pas que je puisse le retrouver. Elle avait peur que je le rencontre avant sa mort car elle ne voulait pas le revoir. Je n'avais que ce nom, Georges B., alors j'ai envoyé des courriers à toutes les personnes qui s'appelaient ainsi en France. J'ai eu beaucoup de réponses négatives, et enfin, j'ai eu la vôtre.

Il y a eu un silence.

– Que puis-je vous dire d'autre ? poursuivit Paul M. Je n'ai pas eu une vie facile. Ma femme s'est suicidée, après des années de dépression.

Je remarquai que ses mains tremblaient légèrement, sans qu'il pût l'empêcher.

– Vous avez des enfants ?

– J'ai un fils qui est parti faire ses études aux Etats-Unis.

– Comment s'appelle-t-il ? ai-je dit, en prenant conscience subitement que ce fils était mon neveu.

– Marco Felipe, a répondu Paul M. Nous lui avons donné deux noms.

– Qu'est-ce qu'il étudie ?

– L'informatique.

Il a sorti une petite photographie de son portefeuille et il me l'a montrée.

– Cela fait deux ans que je ne l'ai pas vu.

Comme c'était étrange : ce garçon au teint mat et aux yeux sombres, différents de ceux de Paul M., ce jeune homme dont je venais d'apprendre l'existence, voici que je rêvais de lui parler, de le connaître, de savoir ce qu'il faisait de ses journées, ce qu'il aimait bien manger, ou encore s'il avait une amie ou une femme.

– A présent, a repris Paul M., j'ai pris ma retraite – je travaillais en tant qu'ingénieur à Milan – et je vis seul.

– Mais que voulez-vous de moi ? lui ai-je soudain demandé, en lui rendant la photographie qui me rappelait l'autre, celle que j'avais trouvée dans la veste de mon père. Voulez-vous seulement que je vous parle de mon père ? Ou peut-être êtes-vous à la recherche de quelque chose ?

En prononçant ces mots, je fus surprise par l'effroi qu'ils suscitaient en moi. Alors seulement j'ai compris ce que j'avais voulu dire.

— Si vous venez pour réclamer un héritage, sachez que mon père n'a laissé derrière lui que des dettes.

— Vous n'avez pas bien compris, a répondu Paul M.

Ses yeux clairs se sont assombris, ses poings se sont fermés et sur son front se sont dessinées deux barres horizontales. J'ai pensé qu'il faisait des efforts pour contenir sa colère et sans pouvoir la contrôler, j'ai senti monter en moi une peur archaïque d'enfant qui va être grondée, ou frappée.

— Mon père, a repris Paul M., en appuyant sur le « mon », comme s'il ne s'agissait pas du même père, pendant la guerre, a rencontré ma mère. Ils ont vécu ensemble, puis ils se sont séparés, après avoir eu un enfant – moi. Juste après. Je voudrais comprendre pour-quoi. Pourquoi mon père a quitté ma mère, pourquoi mon père ne m'a jamais reconnu, pourquoi ma mère m'a menti toute sa vie sur mon père, et pourquoi mon père vous a menti à vous, sa fille.

– Et comment puis-je vous aider ? ai-je répondu. Que sais-je, moi, de tout cela ? Mon père était un homme secret, vous le savez bien.

– Un homme qui gardait bien ses secrets. Un homme capable de cacher l'existence d'un fils pendant toute une vie...

– Si vous êtes venu ici pour ternir la mémoire de mon père, je vous préviens, ce n'est pas la peine de rester.

Je me suis levée, les mains tremblantes, le cœur battant. J'étais prise de panique. Je n'avais dit à personne que j'allais rencontrer

Mon père

Paul M. De toute façon, à qui l'aurais-je dit ?
Cela faisait longtemps que je ne voyais plus
grand monde.

Que savais-je de cet homme, que j'avais
invité chez moi, en plein mois d'août, où tous
les voisins étaient absents ? Et si c'était un
fou, un psychopathe, un meurtrier ? J'ai
regardé autour de moi, à la recherche d'une
arme quelconque pour me défendre, mais il
n'y avait rien, et Paul M. avait une carrure
nettement supérieure à la mienne.

– Partez s'il vous plaît, ai-je imploré, en
essayant de maîtriser le tremblement de ma
voix.

Non, Paul M. ne se levait pas. Il me considérait avec attention, inflexible, comme s'il
était en train de réfléchir, mais à quoi ? Nous
nous sommes regardés ainsi, pendant plusieurs longues minutes, prêts à nous défier.
Puis Paul M. s'est levé lentement, et il s'est
avancé vers moi, qui reculais, nouée par la
peur.

Mon père

— De cette époque, a dit Paul M., d'une voix qu'il s'efforçait de rendre parfaitement neutre, ma mère a gardé quelques souvenirs, et une amie, Madeleine S.

Alors j'ai compris, à sa détermination calme, que Paul M. était venu pour savoir si mon père – son père – les avait abandonnés, lui et sa mère. Mais surtout, il voulait savoir s'il l'avait aimé.

6.

CETTE nuit où Paul M. est finalement resté chez moi, il me fut impossible de dormir. Je n'avais plus peur de lui. Cependant, j'avais tout de même fermé la porte de ma chambre à double tour, et j'avais vérifié que le téléphone sur ma table de nuit était bien branché. J'étais inquiète, tourmentée comme à la veille d'une grande décision. Mille images de ma vie avec mon père me revenaient à l'esprit, qui se succédaient comme si, trop longtemps étouffées, elles se précipitaient en désordre pour voir le jour. Je revoyais ces instants familiers, avec un autre regard, en pensant à ce secret. Je me suis souvenue des moments où mon père aurait pu me parler, au fil de sa vie, mais il s'est toujours tu. En y pensant, je me sentais presque mal.

Un matin, je me suis éloignée de mon père. C'était la veille du jour de mes vingt ans, le premier anniversaire que je passai sans lui. Le lendemain, mon père me téléphona tôt dans la journée pour me dire combien il était heureux du jour de ma naissance.

— Tu es le premier, dis-je.

Et le soir, tard, à nouveau, mon père appelait.

— Je suis le premier et le dernier.

Mon père était l'alpha et l'oméga. Il commençait et finissait ma journée ; pourquoi sa mort n'aurait-elle pas été la fin de ma vie ?

Mon père, lui, n'avait plus de père. Ainsi, il n'était que père, n'étant pas fils. Mon père n'avait pas de mère non plus. Mon père n'avait pas de frère : ainsi, il était le seul de son genre. Il était d'une espèce particulière : mon père était de l'espèce des pères. Mon père, qui n'avait pas de famille, semblait né d'une génération spontanée. Et moi, j'étais la fille de mon père, j'étais le fils de mon père, j'étais la mère de mon père et le père de mon père. Je comblais les manques insondables du cœur du père.

Un matin, je me suis éloignée de mon père, de sa maison retranchée, de ses dédales et venelles restreintes, de ses façades soigneusement badigeonnées, de ses murs bordés de grilles et de lourds portails qui cachent aux passants les demeures aux cours secrètes. J'ai laissé mon père sur son fauteuil, sur sa couverture de laine, sur son lit, dans sa demeure que protègent les volets contre le froid et le soleil, j'ai laissé le cœur de mon père comme un espace à ciel ouvert protégé par la lune, j'ai laissé mon père dans sa chambre, sa cuisine et sa cave, je l'ai laissé à son bassin d'ablutions, sa pièce au sol craquant, j'ai laissé mon père sous son plafond bas, ses murs délavés aux mille arabesques, j'ai laissé mon père à sa table d'étude, à l'ombre d'un texte, j'ai laissé mon père au milieu de milliers de livres, j'ai laissé mon père en plein roman, j'ai laissé mon père avant qu'il ne tourne la page, je l'ai laissé devant ses coffres, ses matelas et ses coussins, sa table ronde, et sa table basse de bois sombre, j'ai laissé mon père dans sa boutique, en train de chercher un livre, j'ai laissé mon père devant une assiette vide, un couvert mis, une chaise, j'ai laissé mon père dans la faible lueur d'un matin, derrière les remparts de la ville, assis à même le sol devant sa porte, son rideau rouge, éternellement, j'ai laissé mon père seul, les yeux au bord des larmes, le sourire figé, le cœur battant, le cœur brisé.

Mon père

O combien immense est l'empire d'un père. J'ai laissé mon père, mais mon père ne m'a pas quittée. Ma vie s'est arrêtée là, à l'entrée, au linteau de sa maison, sur le tapis mousse, sur le seuil de sa porte, j'ai laissé ma vie. Ce geste de partir de la demeure de mon père fut infini, ce baiser qu'il posa sur mon front, et les larmes versées par l'un et par l'autre jamais ne s'arrêtèrent de couler, et les lèvres de soupirer, de s'épancher de tant de manque. Mon cœur saigne encore de cette blessure de cette fin d'enfance, du grand départ de la maison du père, mon cœur tremble de le quitter, et mon cœur s'étonne de ce changement, si brutal, si triste, si inouï, ce voyage qui n'eut jamais lieu, car mon cœur est resté sur le seuil, accroché à ce deuil, à l'entrée de la maison, meurtri, déraciné, arraché.

7.

ENSUITE, sur les rives de ma vie, j'ai promené mon manque d'amour. J'ai erré à sa recherche, et je le trouvais, si ardente que j'étais, à chaque pas, devant chaque perron, sur chaque front, dans le fond des regards qui se posaient sur moi, dans la moindre émotion, je cherchais les yeux de mon père.

Mon professeur, c'était mon père, mon ami, c'était mon père, plus tard, mon patron fut mon père, et mon collègue, mon père aussi. Ainsi, j'ai passé ma vie, de père en père, à recomposer le kaléidoscope de mon enfance. A chaque coin de rue, c'était mon père. Dans les villes, dans les montagnes. Devant tous les horizons, à perte de vue.

Mon père

J'écrivais : c'était mon père. Je lisais, c'était mon père.

D'ailleurs, qu'est-ce qui n'était pas mon père ? Le vent qui souffle, c'était mon père, le soleil et la pluie, c'était mon père, la lumière du matin, c'était mon père, les soirs d'hiver, c'était mon père, le temps qui passe, c'était mon père, la mémoire, c'était mon père, ce pays, c'était mon père, et tous les autres étaient mon père, la langue, c'était mon père, mon nom, c'était celui de mon père. Qu'est-ce qui n'est pas mon père, si je m'appelle comme mon père, et si à chaque fois que l'on prononce mon nom, on m'appelle de son nom ?

Sans cesse, je recherchais l'amour infini du père qui sourit, heureux en son confort, fier et serein, sourire d'à côté, sourire d'en face, sourire de rien, plaisir du bonheur et plaisir de la vie. Je me souviens, ô je me souviens de la grande insouciance de l'enfance, le pacte absolu, le don de lui à moi vers lui.

Mon père

A peine l'avais-je quitté que déjà je voulais revoir mon père accueillant, me recevant les bras ouverts, le sourire aux lèvres. Tel l'enfant prodigue, j'aurais aimé revenir dans sa ville, dans la maison de mon enfance, dans la librairie où mon père nourrissait l'esprit des hommes. Je voulais retourner chez mon père, dans la nuit sans crier gare, à marcher un peu au-dessus du monde, au-dessus de lui, alors qu'il fallait apprendre à vivre, apprendre à aimer, apprendre. Je voulais revoir le soir chez mon père, le soir de mon enfance quand il rentrait, et comprendre que je n'étais pas seule. J'étais un torrent d'amour donné, un océan d'amour reçu par mon père. Derrière moi il y avait l'amour, il y avait tant d'amour.

Voici sur moi le fil rouge de l'histoire ancestrale, écrite par la lune au clair filtrée :

46

Mon père

Je suis un enfant qui vient de naître. Mes yeux le dévorent et pourtant je n'ose le voir, je cherche son regard et je ne parviens pas à le contempler, j'ai du mal à soutenir sa vision et je suis éblouie, je n'ai de lui qu'une perception vague, je ne connais pas la couleur de ses yeux, mais je sais la hauteur de leur expression, je ne connais pas le tracé de sa bouche mais je sais la profondeur de son sourire, je suis ravie par les gestes amples de ses mains mais j'ignore si elles sont petites ou grandes.

De son corps, je ne sais que les mouvements, je connais leur rythme, leurs impulsions, et partout je le verrai, en chaque homme, je le verrai, en chaque geste, je le verrai, en chaque sourire, je le verrai, en chaque mot, je le verrai, et dans mes rêves, je le verrai, et il sera tous les hommes, et partout je le verrai car je l'ai connu par les yeux de l'amour.

Mon père

Je viens de naître et déjà je suis la grande amoureuse savourant l'aube, je suis la bien-heureuse, et après le doute, l'incertitude, il n'est que mon père, il y a les moments où je le vois et ceux que je meuble en l'attendant, il y a la vie et l'attente de la vie, il y a le travail pour relancer la vie, il y a le témoignage, la commémoration et la satisfaction, il y a le bonheur d'avoir un père.

8.

J'ÉTAIS perdue dans la ville, le matin, l'après-midi ou la nuit, et je voulais que quelqu'un vînt me chercher : c'était ma vie après l'enfance. Mais celui que j'appelais ne pouvait pas, ou ne voulait pas, ou pire encore, je l'appelais pour lui dire de venir m'accompagner, m'aider, me sauver, et tout de suite récuser cette demande dont j'avais honte : remplir le manque du père.

Ainsi, j'errais sans fin dans la ville, ne reconnaissant plus personne ni plus rien, j'errais, terrifiée, menacée, dans un monde imaginaire où tous m'en veulent, et j'errais, dans une cité hostile remplie de bandits, de serpents, de monstres cherchant à me dévorer, de voitures qui s'arrêtaient, et d'hommes qui me poursuivaient, et j'étais sans fin à la recherche de celui qui me ramènerait, promenant ma peur, criant ma douleur, accrochée au téléphone pour garder le lien, le contact, désespérée, seule au monde, abandonnée, ayant fait tous les efforts pour l'être et le reprocher à celui qui ne venait pas.

Celui qui ne venait pas, c'était mon ami, et je finissais par venir à lui pour lui dire ma haine, ma rage, ma fureur. Quelle fureur ? Quelle envie ? Qui était celui qui ne venait pas ? Quel était le rôle de chacun dans ce drôle de jeu dont j'étais l'actrice et la victime ? C'était toujours le même jeu : le je du père.

Un jour où j'étais perdue dans la rue, je ressentis un vertige immense, et je perdis connaissance. Après plusieurs tentatives, je m'aperçus que je ne pouvais plus sortir seule de chez moi, pas même pour chercher du pain, pas même à la pharmacie, juste en face.

Mon père

N'empruntant pas les trottoirs qui me faisaient peur, je ne prenais pas non plus les
transports en commun. Je n'avais pas de voi-
ture, je ne savais pas conduire.

Depuis que j'avais quitté la maison de mon
père, j'avais du mal à me mouvoir dans
l'espace de la vie quotidienne. J'avais quitté
mon père, mais c'était pour ma chambre,
j'avais quitté mon père, mais je ne pouvais
voir personne, j'avais quitté mon père, mais
je ne savais pas sortir et j'étais comme une
enfant, j'avais quitté mon père, mais c'était
pour de faux, j'avais quitté mon père, mais
mon père était en moi, et sa loi aussi. Si je
sortais, je suffoquais, j'étouffais, je tombais.
Je ne pouvais pas aller faire des courses ; acheter des habits, ou des objets, tout m'était
impossible. Dès que j'étais dehors, la rue, les
immeubles et les passants se mettaient à tourner autour de moi, j'allais mourir. Je restais
dans mon appartement, puis progressive-
ment, je me retirai dans ma chambre. Je ne

marchais plus que dans ma pièce, d'où je ne pouvais m'extraire, comme une prison dans laquelle je me cloîtrais toute seule.

La peur de la rue fut telle que je fus obligée de poursuivre mes études par correspondance. Ainsi, j'avais le droit de travailler, de lire, de prendre le téléphone, mais il m'était défendu de sortir pour voir des gens ; comme dans la maison de mon père. Je pouvais recevoir, mais pas dormir ailleurs ; comme dans la maison de mon père. Je pouvais lire, écrire, travailler, mais je ne pouvais pas me promener seule ou avec des amis ; comme dans la maison de mon père. Je pouvais simplement dire au revoir du coin de ma fenêtre. Mais là, dans la ville, il n'y avait plus personne, plus de père, et j'étais une adulte, et la ville me faisait peur : en fait, c'était la vie.

Lorsque j'étais enfant, le premier jour de classe, mon père m'a accompagnée. Je ne voulais pas aller à l'école. En arrivant devant la porte, j'ai vu la salle, les élèves et la maîtresse, et j'ai pleuré. Je voulais revenir à la maison. Mon père m'a raccompagnée. Il me semble que dans ma vie, je n'ai fait que rejouer cette scène.

9.

LE lendemain, je me suis réveillée de cette
nuit sans sommeil avec la décision d'aider Paul M. dans sa recherche, malgré ma
peur, malgré ma frayeur devant l'inconnu, et
avec l'étrange conviction que cette quête était
inéluctable.

Nous avons cherché dans l'annuaire le
numéro de téléphone de Madeleine S., l'amie
de mon père et de la mère de Paul M. Nous
avons trouvé plusieurs personnes de ce nom
à Paris. Après deux essais infructueux, nous
avons eu Madeleine S., et nous lui avons
demandé si nous pouvions venir la voir. Lors-

que nous lui avons dit qui nous étions, il y a eu un silence au bout du fil, un silence durant lequel nous avons retenu notre respiration. Nous étions les enfants de Georges B. Les enfants : comme c'était étrange.

Madeleine S. nous a reçus dans un intérieur suranné, surchargé de bibelots et de photographies anciennes. C'était une vieille dame aux rides profondes et aux yeux gais, une femme énergique, au regard ardent. A en juger par les photographies accrochées dans des cadres, ou posées sur les lourdes commodes de bois, elle avait des enfants, et des petits-enfants. Mais quelque chose en elle semblait ailleurs, comme si elle était perdue, malgré le sourire et les cheveux rouges flamboyants comme des flammes dans un âtre. Peut-être était-ce simplement la vieillesse : les vieux ont souvent l'air ailleurs, comme s'ils étaient déjà de l'autre monde. Elle s'est affairée pour nous servir le thé, active, mobile, nous regardant à la dérobée. Et moi je la considérais avec un mélange d'admiration et de jalousie : car cette femme, qui avait connu mon père, savait quelque chose sur lui que je ne savais pas. Elle était un indice dans le mystère de son passé, une pièce du puzzle de sa vie, elle était comme un morceau de mon père.

Pendant qu'elle nous servait, je me demandais ce qu'elle allait nous révéler, et comment Paul M. allait réagir. Allait-elle nous dire que sa mère avait rencontré mon père, puis qu'ils s'étaient quittés, que mon père n'avait plus voulu d'elle après ce qu'il croyait être une rencontre de passage, et qu'il n'avait jamais désiré entendre parler de leur fils, Paul M. ? Allait-elle nous dire que mon père à cette époque ne voulait pas avoir d'enfant ? Ou allait-elle nous révéler quelque chose qui changerait la vision que j'avais de mon père ?

Madeleine S. savait pourquoi nous étions là. Mais elle semblait s'égarer au gré des souvenirs proches et lointains. Elle nous a raconté ses voyages avec force détails. Etait-ce parce qu'elle voulait éviter le sujet, ou était-ce parce qu'elle était déjà âgée ? Toujours est-il que nous avons entendu, pendant deux longues heures, les récits de Madeleine S., et moi je me demandais quand elle allait en venir au pays du père. D'ailleurs, quel est le pays du père ? Pays imaginaire, pays où l'on ne va pas, pays où l'on voudrait toujours aller, mais pays lointain. Pays des contes de fées, pays magique et ancien, très ancien, ce pays, peut-être, n'existe pas.

Lorsque j'ai demandé à nouveau à Madeleine S. de nous parler de mon père, et de la mère de Paul M., elle m'a considérée d'un air presque consterné.

– Vous voulez savoir, n'est-ce pas ?

Ses yeux se sont voilés, comme si elle contemplait un lointain horizon.

– Héléna, dit-elle brusquement, était une femme exceptionnelle, très belle, très courageuse, qui aimait Georges. Et lui aurait tout donné pour elle.

— Mais pourquoi ne se sont-ils pas mariés ? Pourquoi ne sont-ils pas restés ensemble ?

Il y a eu un silence pesant, durant lequel chacun a regardé ailleurs. Puis Paul M. et moi nous sommes lancé le même regard. Nous avions envie de continuer, de lui poser d'autres questions, mais à la fermeture de son regard, nous avons compris que ce serait difficile.

Et pourtant comme nous voulions savoir. Et combien de questions appelait cette réponse. Ils avaient eu un enfant ensemble. Pourquoi, s'ils s'aimaient, se seraient-ils quittés ? Et pourquoi ce secret, par eux deux si bien gardé, quel était le sens de ce mystère ? Pourquoi n'en avoir jamais parlé, durant toutes ces années ?

— Vous savez, a dit Madeleine S. en me regardant d'un air étrange, Héléna n'a pas connu son père, qui l'a quittée lorsqu'elle était une enfant.

10.

PAUL M. et moi sommes rentrés à pied dans les rues désertes. Nous avons emprunté des détours silencieux, comme pour retarder le moment où nous allions nous retrouver face à face. La nuit, l'été, le dimanche avaient plongé la ville dans la solitude. Les fenêtres étaient closes, les volets fermés, l'obscurité était profonde au fond des couloirs. Plus tôt, il avait dû pleuvoir. Les réverbères jetaient leur lumière taciturne sur le trottoir gris, où gisaient quelques flaques d'eau. Plus tôt, oui. Comme le temps s'étirait, depuis que Paul M. était là. Et comme le temps s'était arrêté depuis que mon père était mort...

Enfin, nous avons entendu le vrombissement des voitures sur l'avenue. Nous sommes arrivés chez moi, ce chez moi où je vivais depuis si longtemps que je n'entendais plus la clameur de la ville, que je ne voyais plus ses lumières sombres, ni ses jours tristes comme les nuits. Nous nous sommes assis au salon, d'un même mouvement. C'est Paul M. qui a rompu le silence.

— Et toi, Héléna, a demandé Paul M. Pourquoi es-tu seule ?

— Pourquoi...

— Est-ce que tu ne t'es jamais mariée ?

— Si je ne me suis jamais mariée... C'est une autre histoire. Une longue histoire.

— J'ai le temps, a répondu calmement Paul M.

— Il y a très longtemps, commençai-je, comme si j'allais raconter un conte de fées, j'ai eu un ami, un homme gentil et affable. Vis-à-vis de moi, il était très prévenant. C'est-à-dire qu'il s'occupait de moi. Le matin, je ne savais jamais comment m'habiller. Il consultait la météo, me disait s'il faisait chaud, s'il faisait froid, et ce que je devais mettre.

J'avais trouvé quelqu'un qui prenne soin de moi, et qui me rassure suffisamment pour que je puisse sortir de ma chambre. Je lui demandais beaucoup : de venir me chercher, de me ramener, et de faire mes courses, d'être là, constamment avec moi, auprès de moi, sans jamais s'absenter, sans jamais faillir. D'un tempérament taciturne, il acceptait volontiers de rester avec moi, de ne pas voir d'amis comme le faisaient les jeunes gens de son âge. J'avais trouvé à travers lui cet amour particulier qu'est l'amour médecin, celui qui soigne et qui guérit. Mon ami était là pour m'assister, m'escorter, me consoler, ou mieux encore, calmer mes angoisses. Il était le remède à tous mes maux, le médicament que je m'administrais quotidiennement.

J'aimais mon ami, mais j'avais une telle attente que je n'étais jamais assez satisfaite de l'amour qu'il me portait. J'étais à la recherche de l'amour, de la moitié de mon corps, la moitié de mon cœur, la moitié de mon âme, la moitié de moi.

Tous les jours, je demandais à mon ami s'il m'aimait, et je crois qu'il ne comprenait pas que je puisse lui demander cela, en plus de toutes les preuves exigées. Moi, je lui écrivais mon amour, mais il ne lisait pas, je passais mon temps à interpréter et à réinterpréter les moindres signes qui indiquaient les soubresauts de son cœur, mais cela ne semblait pas l'intéresser, et je me sentais flouée alors même qu'il faisait tant pour moi, et qu'il répondait à mes demandes, toujours plus grandes, exorbitantes, mais cela ne me suffisait pas. Bientôt, mon amour se transforma en une immense déception.

Le jour où je crus que mon ami manifestait un signe de lassitude, je lui dis que son âme était comme de la boue. Puis je repris les clefs de mon appartement, et j'ouvris la porte en

Mon père

le sommant de partir. J'étais dans une colère folle, sans mesure avec le sentiment doux et constant qu'il me portait. Je criai, hors de moi, que je ne voulais plus le voir, je sanglotais de haine et de désespoir. Je lui en voulais à la fois d'être là et de ne pas être là. Je voulais chasser l'homme de ma vie.

11.

MON deuxième ami fut un homme mauvais et détestable. Au début de notre histoire, je ne ressentais pas une grande inclination pour lui, et je recevais son amour comme un cadeau dont je me serais passée. Ce ne fut que lorsqu'il commença à se désintéresser de moi que je devins vraiment captive.

Il me disait alors que j'étais laide, que je n'avais plus un corps de vingt ans, que j'étais grosse. Il me faisait comprendre qu'il ne me désirait plus, mais que c'était à cause de cela. Moi-même, je détestais mon corps. Ce corps, devrais-je dire, car je n'avais pas le sentiment de mon corps. Je ne le connaissais pas, il n'existait pas pour moi. Il n'était qu'au gré du regard des autres ; c'est ainsi qu'il devenait réel, tangible, visible. Parfois je surprenais un regard : c'était vrai que j'étais grosse. J'étais grosse des mouvements que je ne faisais pas pour sortir de l'enfance. Je me suis enveloppée car je ne voulais pas être une femme, car je voulais être un fils pour ne pas transporter le poids du père, le fardeau des siècles, et pour pouvoir être le chef de ma propre lignée, l'origine de mon histoire et de ma descendance – mais quand on est une femme, on ne peut pas.

Pour susciter son amour, je tentai de le rendre jaloux. Mais lorsque je lui parlai d'un autre homme qui semblait avoir de l'intérêt pour moi, il me dit que jamais je ne pourrais le séduire. Il ne m'expliqua pas que cet homme n'était pas assez bien pour moi, mais que moi, je n'étais pas assez bien pour lui. Ainsi, il choisissait de prendre parti pour un autre que moi, un inconnu sur lequel se portait naturellement son estime.

Mon père

A tous, il disait aussi que j'étais un poids, une charge, qu'il fallait sans cesse s'occuper de moi. Moi, je n'avais jamais vraiment voulu être avec lui. Moi, j'avais établi ces relations afin qu'il remplît la fonction d'« ami », pour ne pas être seule, tout en ne vivant pas en couple.

Je devins si malheureuse que j'en perdis la notion des valeurs, de ce qui se fait, ou de ce qui ne se fait pas, de la limite que je pouvais mettre à ce que je pouvais supporter. La moindre requête de ma part l'insupportait, et déclenchait des torrents de haine. Que je lui demande de me déposer quelque part le matin, et c'était des hurlements, parce que, disait-il, je ne faisais attention qu'à moi, j'étais égoïste et n'avais pas d'égard pour son travail. Que je pousse un cri d'effroi, et c'était une remarque acerbe concernant mon « hystérie ». Que je fasse appel à lui, parce que j'avais peur de rester toute seule dans l'appartement, et c'était des discussions à n'en plus finir, sur mon état de faiblesse et de dépendance totale, et mon incapacité de m'assumer. Avait-il raison, dans le fond ? Avait-il totalement tort ? Je ne savais pas, je ne savais plus.

Un jour, à une soirée que donnait l'une de ses collègues, mon ami dit bien fort que j'étais ivre. Alors notre hôtesse lui répondit : « Tout le monde ici se demande comment une fille aussi gentille peut être avec toi. » Cette simple remarque me bouleversa, car elle révélait une tout autre perspective, une vérité éclatante qui n'était pas présente dans l'univers claustro-phobe de l'histoire dans laquelle j'étais enfer-mée. Peu à peu, il m'avait coupée du reste du monde, de mes relations, de ma famille.

C'était vrai que j'étais gentille, et c'était vrai que je buvais. Je buvais car je vivais avec quelqu'un qui n'était ni ami, ni homme, ni mari.

Ce que ses yeux et sa bouche me disaient depuis longtemps, c'est qu'il ne croyait plus en moi moralement, qu'il n'avait pas d'estime intellectuelle pour moi, et qu'il ne voyait pas ma féminité.

Un soir, mon ami refusa de rester avec moi alors que j'avais peur dans la nuit. Puis, lorsque j'insistai, il se mit à parler pendant des heures, sans pouvoir s'arrêter. Les mots sortaient de sa bouche, par saccades, tels des hoquets de haine. Je le regardais, incapable de le calmer, me perdant moi-même dans son égarement. J'aurais voulu, à cet instant, apprivoiser le petit animal sauvage de la folie : ce serait, au lieu de ce qui nous séparait, ce qui nous réunirait, ce qui nous souderait. De l'amour, il était difficile de savoir ce qu'il en restait.

Mon ami, quelques jours plus tard, sans doute pour se racheter de cette scène terrible, décida de me présenter à ses parents. Après cette visite, pour la première fois, nous parlâmes de mariage, mais il me dit que nous avions « de sérieux problèmes ». Puis il me dit que ses parents m'aimaient beaucoup, et que j'avais « gagné leur cœur ». Cependant, lorsque je lui demandai s'il voulait m'épouser, il répondit qu'il hésitait.

A ce moment, je me mis à penser concrètement à quitter mon ami. Mais à l'idée de la séparation, je ne ressentais qu'un grand désespoir. S'il n'existait plus pour moi, je me retrouvais face à moi. En un sens, il me protégeait de la réalité, ou de l'insanité.

Ce fut alors que mon père vint me voir. Mon père me demanda ce qui n'allait pas, et, selon sa formule, « ce que je devenais », un peu comme si j'étais une vieille amie qu'il n'avait pas vue depuis un certain temps, et un peu pour me faire comprendre que nous nous éloignions – c'est-à-dire que je m'éloignais. Lorsque je parlai à mon père de mon ami, et de nos projets de mariage, il se fâcha, et sa voix trembla de rage ou de sanglots peut-être. « Tu sais, dit-il, je le déteste. Je ne peux pas admettre ce qu'il te fait. » Mon père ajouta : « Il te fait perdre ton temps, ta jeunesse, ta beauté. »

Mais quel genre d'homme voulait-il pour moi ? Il ne le disait pas.

Lorsque je fis part à mon ami des critiques formulées par mon père, il me demanda de choisir entre mon père et lui, c'est-à-dire de ne plus voir du tout mon père, et de ne plus lui parler. Cela m'était impossible : il me semblait que si je ne voyais plus mon père, je perdrais tout. Je ressentis un sentiment profond d'annihilation, d'annulation de moi-même. Je ne m'aimais plus. Alors je me dis : je ne peux pas supporter cela. Non, cela, c'est bien la limite du supportable. Nous avons atteint la fin, et je ne peux plus continuer.

J'avais l'impression que j'étais malade, mais je ne savais pas exactement de quoi. Je ne savais pas que j'étais malade d'avoir un père.

Toutes les femmes ont un père : il faut bien comprendre ceci, qui n'est pas une évidence. Toutes les femmes ont un père : cela veut dire que toutes les femmes sont condamnées au malheur.

12.

– ET ensuite ? a dit Paul M.
        – Il est tard, ai-je répondu, car j'avais
beaucoup parlé, et j'étais fatiguée. Il est temps
de dormir à présent.

Mais Paul M. ne s'avouait pas vaincu :

– Héléna, dit-il, pourquoi, à ton avis, mon
père et ma mère n'ont-ils confié leur histoire
à personne ?

Paul M. m'a considérée sans rien dire, avec
cette curieuse façon qu'il avait de me parler
avec les yeux, comme si j'étais pour lui une
voix intérieure, et je me suis dit que c'était
peut-être cela, une relation fraternelle : un
dialogue entre soi et une autre partie de soi-
même. J'ai réfléchi un moment.

Mon père

— Et ta mère, s'est-elle mariée ?

— Non, a dit Paul M. Et ton père, était-il heureux ?

— Heureux... Non, je ne crois pas... Il travaillait beaucoup, beaucoup trop, tout le temps. Il avait des problèmes d'argent. Je crois qu'il a fait des sacrifices considérables à cause de cela...

Enfant, je rêvais que mon père un jour s'arrêtât de travailler. Sa boutique ne lui rapportait pas beaucoup, et il courait toujours à droite et à gauche pour trouver de quoi subsister. Moi, je me sentais coupable et redevable. Coupable de mon existence de bouche à nourrir, et redevable devant tout ce qu'il faisait pour moi, dans son amour infini de père, infiniment responsable.

C'est à l'adolescence que je commençai à penser que je devais m'occuper de lui. Je croyais que sa tristesse venait en partie du fait qu'il était pauvre, et que la pauvreté lui pesait. J'ai toujours eu beaucoup de tendresse pour les clochards, car ils me rappellent mon père dans leur désespérance, et c'est pour cette raison que moi-même, je tenais à rester pauvre, parce que mon père fut toujours démuni, alors tout l'argent que je gagnais, c'était pour lui, c'était à lui que je le donnais. Mes amis voulaient m'empêcher de lui remettre de l'argent mais moi, je disais que c'était pour lui que je gagnais ma vie...

J'eus un nouvel ami, qui travaillait dans la même entreprise que moi, mais qui ne supportait pas l'idée que je puisse entretenir mon père. C'est pourquoi nous nous disputions si souvent, et toutes nos dissensions concernaient l'argent. Mon ami avait élaboré un calcul stipulant que l'argent que je donnais à mon père était de l'argent pris à nos futurs enfants. C'était donc un vol. Mais je lui expliquai que si je gagnais de l'argent, c'était dans le but de le donner à mon père, car mon père remboursait sa dette à son père, qui était pauvre, et moi je remboursais la dette de mon père à son père. Et si je n'avais plus cette motivation, alors je ne gagnerais plus d'argent. Donc pas d'argent non plus pour la descendance, les enfants de mon ami. CQFD.

Mon ami et moi, au bout de quelques mois, avions décidé de vivre ensemble. Mais lorsque nous avons commencé à visiter des appartements, je m'aperçus que mon rêve n'était pas de posséder une maison : c'était de pouvoir en trouver une pour mon père. Dans le fond, mon ami avait raison d'être jaloux, car je voulais d'abord offrir un appartement à mon père, et lui, il me demandait de nous en acheter un, et je ne voulais pas, car je voulais une maison pour mon père.

Sans que mon père me le demande, j'utilisai l'emprunt, et je lui achetai un appartement.

Mon père

Mon père, je lui faisais confiance, je lui donnais tout, absolument tout, sur un battement de cils, mon ami, cela faisait deux ans qu'il voulait que je change, et je restais dans ma pièce minuscule.

C'était ainsi, je donnais tout à mon père, et mon ami, je le laissais dans ses demandes et ses attentes, et je ne lui faisais pas confiance. Je le soupçonnais même d'être intéressé vis-à-vis de moi. Avec lui, j'étais mesquine, pingre, inflexible. Avec mon père, j'étais généreuse. Pour lui, je comptais tout, à mon père, je donnais tout. Pour lui, je ne voulais faire aucun effort, ne rendre aucun service, pour mon père, j'aurais tout offert, jusqu'à ma dernière chemise. J'étais le Père Goriot de mon père ; bien qu'étant sa fille. Devant mon ami, j'étais avare de tout, de mon temps, de mes sentiments, de toutes mes possessions. Mon amour pour mon père était inaltérable, mon amour pour mon ami était toujours incertain. Au moindre mot, je menaçais de le quitter, à mon père, je pardonnais tout. Mais je me disais qu'on ne pouvait pas aimer tout le monde comme son père. Alors mon ami devint fou de jalousie, fou de haine, fou de tristesse, fou.

Lorsque je voyais mon père, je ne le disais pas à mon ami, qui avait fini par m'interdire ces rencontres.

Un jour, mon ami me dit qu'il voulait me parler, que c'était important, que nous devions avoir une discussion. Alors il m'annonça que tout le problème venait de mon père.

– Quel problème ? dis-je.

– Notre problème, répondit-il. Ton problème.

Selon lui, c'était là toute la difficulté. C'était le cœur du débat, disait mon ami. La source de tout. Puis mon ami me demanda très clairement de choisir entre lui et mon père.

Alors je me dis que mon ami, avec toute son intelligence, n'avait rien compris à mon père. Le quitter : c'était la seule solution.

Mon père

Rien n'est jamais acquis dans l'amour, tout peut s'écrouler en un jour, une soirée, une phrase. On passe son temps à bâtir, et l'amour, c'est un château de cartes qui s'effondre d'un geste, d'un souffle, ou d'un mot malheureux.

La dernière fois que nous nous vîmes, mon ami me dit : « Tu ne pourras donc jamais construire de famille ? Tu restes attachée à ton père, c'est pourquoi tu n'auras pas d'enfant. »

13.

APRÈS avoir quitté mon ami, je décidai de prendre, non pas un nouvel ami, mais un psychanalyste.

J'avais dépassé les trente ans, j'étais grosse, et toujours seule. Il fallait agir, faire quelque chose, me remettre en question, suivre un régime. Je ne pouvais pas continuer d'aller d'ami en ami sans parvenir à concrétiser une relation, à la faire aboutir, à me marier par exemple, et à avoir des enfants.

Jusqu'au bout de mes ornières, je traînais mon histoire comme une plaie qui s'étend. Encore une fin, encore une déception qui s'abattait sur moi sous forme de vide. Rien ne réussissait à combler ma faille, ma brisure, ma décadence.

A lui qui n'était pas mon père, je dis :

— Je viens vous voir car je souffre d'angoisse et de dépression chronique. Le matin, j'ai du mal à me lever, et je suis déprimée par l'idée que le jour se lève.

— Quand vous parlez d'angoisse, que ressentez-vous au juste ?

— Sentiment de malaise, qui peut se transformer en agressivité pour mon entourage. J'ai l'impression que la vie n'a pas de sens. Parfois aussi, j'ai le sentiment étrange de ne pas exister, comme si le réel était faux : comme si je vivais dans un rêve.

— A quand remonte votre angoisse ?

— L'angoisse, depuis toujours. La dépression, il y a deux ans, je pense.

— Que s'est-il passé il y a deux ans ?

— Il y a deux ans, j'ai rencontré mon ami.

Mon père

— Vous êtes heureuse avec lui ?

— Non je ne suis pas heureuse. D'ailleurs, je l'ai quitté. Et puis, je ne connais pas le bonheur. C'est quelque chose dont parlent les gens, que je conçois d'un point de vue théorique, mais qui m'est étranger. Je n'ai jamais ressenti aucun plaisir. Ma vie se construit autour de la notion de travail et sur le fait de gagner de l'argent.

— Gagner de l'argent... Pourquoi ?

— Pour mon père.

Il y eut un silence, que j'interprétai aussitôt comme un silence de consternation.

— Votre père a besoin d'argent ?

Je trouvai la question ironique, mais je ne me laissai pas démonter.

— Lorsque j'avais quinze ans, j'ai lu *La Princesse de Clèves*. J'ai tellement aimé le personnage, que je me suis demandé comment je pouvais être comme elle. C'est alors que j'ai compris que, pour ressembler à mon héroïne, il fallait avoir une passion dans la vie. Lorsque j'avais quinze ans, j'ai décidé que le sens de ma vie serait mon père.

– Pourquoi votre père ?

Alors je voulus expliquer à mon psychanalyste tout ce que mon père m'avait inculqué. Et voici ce que je lui dis :

– Mon père m'a interdit d'avoir des amis. Mon père m'a interdit de leur parler. Mon père m'a interdit de parler sans qu'on me pose une question à table, ce qui m'a longtemps rendue maladivement timide. Mon père m'a interdit de me coucher tard. Mon père m'a interdit d'aller danser. Mon père m'a interdit de sortir. Mon père m'a interdit de partir en voyage. Mon père m'a interdit de voir mes amies. Mon père m'a interdit d'aller dans leurs soirées.

« Mon père m'a interdit de rire à table. Mon père m'a interdit de rire trop fort. Mon père m'a interdit de parler si on ne m'avait pas posé de questions. Mon père m'a interdit de parler, même si on m'avait posé une question. Mon père m'a interdit de sourire, et surtout aux hommes. Mon père m'a interdit d'élever la voix. Mon père m'a interdit de me regarder dans le miroir. Mon père m'a interdit de dire des gros mots. Mon père m'a interdit de lui répondre lorsqu'il m'invectivait. Mon père m'a interdit de faire quoi que ce soit d'autre que de travailler, et de ne pas grandir. J'aurais bien aimé me suicider, mais mon père m'a aussi interdit de le faire.

Puis l'analyste se leva et il me dit que la séance était terminée.

Je ne suis jamais allée au rendez-vous qu'il me fixa pour le jour d'après.

Je gardais mon père en moi comme une immense défaillance, à laquelle, quelque part, je tenais comme à la vie.

14.

— RACONTE-MOI, disait Paul M. alors que les premiers vrombissements des voitures annonçaient que l'aube se levait sur la ville endormie. Parle-moi encore de lui. As-tu connu sa famille ? Quand il est né ? Quand est-il arrivé à Paris ? Est-ce qu'il te parlait de son enfance ?

Mon père, souvent, me racontait des histoires d'enfants qui vivaient en bande, qui jouaient ensemble après l'école, qui partaient marcher à la campagne, et qui se battaient avec leurs voisins.

C'était le temps heureux de sa jeunesse, aux saveurs délicates de thym, de menthe et d'olive, une ville de soleil, des portes et des fenêtres toujours ouvertes, des grands seaux d'eau sur les sols, des arcades abritant boutiques et sculpteurs, des potiers moulant l'argile, des femmes à la peau cuivrée, et des mendiants éternels que chacun connaissait.

C'était une époque dorée, un temps mythique où les amis étaient la famille, et la famille était amie. Il y avait des sorties entre jeunes gens, de longues randonnées en forêt, des escapades au bord des rivières.

Et dans l'histoire du père, il y a aussi de la souffrance. Il y a l'homme qui quitte les rivages de sa ville natale. Loin ! Les forêts odorantes, les grands arbres et les chemins tortueux, et plus loin encore, la petite maison, et derrière, ses vallons, ses montagnes aux hauts plateaux, un horizon transparent. Dans la mémoire du père, il y a les fleurs, les ruisseaux, les eaux vertes et bleues perdues dans les brumes des montagnes. Dans l'histoire du père, il y a une ville, un quartier, une maison, que l'on laisse derrière soi, avec sa destinée, chaque expérience, avec sa grandeur et sa misère, achevée, close à présent en cet espace lointain. La rue du père, si souvent visitée par l'imaginaire, au dessin sinueux, aux bruits et aux odeurs de cuisine, aux discussions de fenêtre à fenêtre, moments précieux, autant d'indices de l'existence humaine, et tout cela emplit le cœur du père d'une sourde nostalgie, d'un pincement qui ne doit jamais, plus jamais le quitter.

Il y a dans la mémoire du père une précision incroyable qui décrit l'enfant que fut le père, et qui remplit l'imagination de l'enfant qui l'écoute, à se représenter les lieux, les maisons, les visages comme s'il les reconnaissait. Le père a fait naître pour son enfant un compagnon, un ami d'enfance, un frère, qui n'est autre que lui.

Dans l'histoire du père, il y a une mère qui vend des épices, et un père âgé. Dans l'histoire du père, il y a une grande misère ; celle des petites gens, des gens simples, des villageois. Puis dans la vie du père, il y a le départ, l'errance dans les villes, la pauvreté, et c'est aussi la force inouïe de vouloir autre chose, de vouloir une descendance, malgré l'absurdité de la vie. C'est l'ailleurs du père.

Dans l'histoire du père, il y a ce père lointain, mais proche, cet homme long et maigre sur la photo imaginaire, cet homme aveugle posé sur sa canne, cet homme pieux, qui chante et lit les prières, et le père du père tend la main pour qu'on la baise, en grand habit, comme l'avaient fait son aïeul et tous ses ancêtres vénérables. Et le père du père lui apprend les chansons par son père enseignées, avec la musique qui rythme, et dans la mémoire du père, il y a la place près de la fenêtre soudain vide, avec seulement son coussin brodé, et beaucoup de tristesse et de miséricorde, mais le père du père dort tranquille car son fils était là pour le remplacer. Et mon père, qui allait lui succéder ?

15.

A CHAQUE fois que j'y pensais, j'étais envahie par le doute. Pourquoi m'avait-il appelée Héléna ? N'était-ce pas une suprême preuve d'amour envers cette femme ? Mais combien devait-il souffrir à chaque fois qu'il entendait et prononçait ce nom ? Pourquoi donc vivre dans cette douleur ? Pourquoi m'avoir donné le nom d'Héléna ?

Comment accepter de faire une telle mystification à son enfant, une dissimulation qui devait lui sauter aux yeux, ou plutôt lui résonner dans l'oreille, tout en étant secrète, un mensonge familier, un mensonge familial ? Et moi, qui portais le nom de celle qu'il avait aimée, alors que je ne le savais pas, quel rôle avais-je joué dans cette histoire ? Je croyais être sa fille, et j'étais l'autre pour lui. Je croyais être son fils, mais il avait un fils. Toute ma vie n'était-elle qu'un mensonge de mon père ? Ou bien avait-il oublié cette femme, n'ayant pas voulu d'elle, n'ayant même pas retenu le fils, au point de pouvoir donner son nom à sa fille ?

Nous avions beau tourner le problème dans tous les sens, nous n'arrivions pas à comprendre pourquoi mon père n'avait jamais rien dit à personne de cet enfant dont il connaissait l'existence, ni de sa relation avec Héléna.

Le seul vestige, le seul fragment de cette histoire apocryphe, que nous devions déchiffrer, tel un manuscrit sibyllin, c'était Madeleine S. Nous avons essayé de la joindre une autre fois, mais elle semblait absente. Alors Paul M. a décidé de prolonger son séjour. Je lui ai proposé de rester chez moi. Il a accepté. Personne ne l'attendait.

16.

Paul M., sur la route qui nous menait à nouveau vers Madeleine S., semblait nerveux. A plusieurs reprises, il m'avait demandé si je ne désirais pas qu'il s'y rendît seul, si ce n'était pas trop douloureux pour moi de remuer tout ce passé, et, je ne savais l'expliquer, mais cette sollicitude me paraissait fausse, empruntée. Je me demandais si Paul M. ne voulait pas être seul pour questionner Madeleine S., s'il ne désirait pas s'emparer de cette histoire, pour recréer son histoire, alors que je la peuplais de mes souvenirs, et de mon père à moi.

C'est probablement pour cette raison que je me refusais toujours à lui donner l'information, capitale pour lui, que mon père avait gardé sa photographie dans sa veste avant sa mort. Ce n'était pas par méchanceté, mais par peur : je redoutais que Paul M. s'emparât de mon passé, je ne voulais pas qu'il me prît mon père.

Tous les hommes ont un père : il faut bien comprendre cela, qui n'est pas une évidence.

Il y a deux types d'hommes : ceux qui cherchent le père, et ceux qui cherchent à tuer le père. Ceux qui cherchent le père seront toujours les plus malheureux et souvent les victimes.

Et Paul M. était du côté des victimes : il était de ceux qui n'ont pas peur de dire que tout va mal, de ceux qui ne prennent pas le temps de se coiffer le matin, de ceux qui ont abandonné la lutte et de ceux qui s'abandonnent, de ceux qui recherchent moins à susciter l'admiration qu'à l'éprouver, de ceux qui ne peuvent survivre sans l'ombre d'un regard, de ceux qui préfèrent l'imaginaire au réel, le rêve à l'action, la permanence à la mutation, il était du côté des fils, car Paul M. était de ceux qui cherchent un père. C'était la raison pour laquelle il était venu vers moi, car moi, j'avais un père à donner, et il se trouve que ce père était celui qu'il cherchait – ou peut-être, qu'il cherchait à prendre ?

– Tu es bien sûre de vouloir venir ? répéta-t-il, alors que nous arrivions dans la rue de Madeleine S.

– Bien sûr, dis-je.

– Tu n'as pas peur ?

– Mais non, répondis-je. De quoi aurais-je peur ?

Ce fut alors que je compris que lui et moi étions dans une même quête, la quête du père, mais que dans ce jeu dangereux, il y aurait forcément un gagnant et un perdant. Je pensais que Paul M. ne voulait pas seulement savoir si son père – mon père – l'avait aimé. Il voulait savoir s'il l'avait aimé plus que moi. Plus que moi : n'était-ce pas là une problématique de frère ?

Madeleine S. le regarda d'un air bizarre qui me fit me demander s'il n'y avait pas une connivence entre eux, une conversation dont j'aurais été exclue. S'étaient-ils parlé, sans que je le sache ? Ses cheveux rouges étaient légèrement ébouriffés, et ses yeux mobiles regardaient sans cesse de droite à gauche, de gauche à droite, l'air inquiet. Hésitante, comme si elle savait quelque chose qu'elle ne nous avait pas révélé, et que nous allions lui faire dire, c'était inévitable. Cette fois, elle n'a pas tenté de détourner notre attention vers d'autres sujets. Elle ne nous a pas servi à boire ni à manger. Elle s'est assise, devant nous, droite, raide, l'air sérieux.

– Mais que voulez-vous d'autre de moi ? Il y avait un pacte... Et ce pacte, j'en fais partie. Vous comprenez ? Je ne peux rien vous dire. Je vous en ai déjà trop dit, beaucoup trop...

— Vous devez nous parler, ai-je dit. Nous devons savoir. Nous sommes ses enfants.

— Mais le pacte était de ne rien dire, même à ses enfants. Je dirais : surtout à ses enfants. A personne. Et cette promesse, ils l'ont respectée l'un et l'autre jusqu'à leur mort...

— Vous saviez qu'ils sont morts la même année ? demanda Paul M.

Madeleine S. a fait un signe affirmatif.

— A quelques mois d'écart, a-t-elle ajouté. C'est moi qui ai annoncé à votre mère que votre père était mort... Je devais le lui dire... J'ai pensé qu'elle devait le savoir. Elle est partie deux mois après lui... Mais peut-être n'aurais-je pas dû lui annoncer cela ?

— C'est ce qui l'a décidée à me parler, à me dire enfin la vérité, a dit Paul M.

— Mais quelle vérité ? Pouvez-vous nous le dire ?

Mon père

Elle me regarda, comme pour juger, pour voir si j'étais capable d'entendre ce qu'elle allait m'annoncer. Et je lui rendis son regard, que je fis serein, sincère. En vérité, j'avais peur. Oui, j'avais peur de ce qu'elle allait me dire, et tout mon corps me signifiait de ne pas l'entendre, de partir tout de suite, de lui dire que je reviendrais une autre fois, que ce n'était pas le moment. Mais je savais que ce ne serait jamais le moment...

Madeleine S. s'est levée, a arpenté la chambre, comme pour réfléchir.

— Au moment où votre père et Héléna se sont connus, c'était la guerre, vous savez, a dit Madeleine S. en chuchotant, comme si elle avait peur d'être entendue. Votre mère, dit-elle en s'adressant à Paul M., était juive. Elle voulait s'enfuir, mais il pensait qu'elle pouvait rester, que ce n'était pas dangereux. C'est ce qu'ils firent, pendant plusieurs mois... jusqu'au jour où votre mère a été dénoncée. C'était juste après votre naissance.

Mon père

Lorsque les Allemands sont arrivés chez votre père, par chance, elle n'était pas là.

Le soir même, elle s'est enfuie, en lui faisant jurer qu'il ne parlerait jamais d'elle, ni de leur enfant, à qui que ce fût. Votre père, pendant longtemps, l'a recherchée, attendue, mais il n'avait plus aucune nouvelle d'elle. Il ne savait pas où étaient la mère et l'enfant ni s'ils étaient encore en vie.

Madeleine S. m'a lancé un regard qui ressemblait à une supplique silencieuse.

— Après la guerre, Héléna a contacté votre père, par mon intermédiaire. Et lui, bien sûr, il voulait la revoir, même s'il en avait peur. Elle n'est jamais venue à ce rendez-vous. Elle m'a remis une photo pour lui.

— Savez-vous pourquoi ?

— Juste avant qu'elle ne vienne, je lui ai dit que votre père avait eu un autre enfant. Une fille. Je devais le lui dire, non ? Lorsqu'il est arrivé au rendez-vous, et qu'il m'a vue, moi, il a tout de suite compris qu'elle ne viendrait pas. Il a pris la photo. Il est parti... Je n'avais jamais vu un homme dans une telle détresse. Le jour d'après, il est venu me déposer une lettre pour Héléna.

« Alors je suis allée voir Héléna, ajouta-t-elle en s'adressant à Paul M. Et je lui ai donné la lettre... Elle ne l'a pas ouverte. Nous n'en avons jamais plus parlé.

17.

Je me souviens de Paul M., à l'aéroport, derrière la rambarde. Sachant, disant que c'était bien, que nous avancions à présent sur le chemin de la vérité. Moi, ayant peur, peur de n'avoir pas tout compris, de n'avoir rien compris en fait, et que ce fût trop tard. Car l'aéroport, cela voulait dire : le départ, la distance, l'éloignement. Peut-être même la fin de notre histoire, l'histoire d'un frère et d'une sœur qui se rencontrent une seule fois, et qui ne se revoient plus, plus jamais.

Je me souviens de Paul M. portant ses bagages, les larmes aux yeux, comme s'il allait tout quitter, et moi, soudain, lui disant de rester, car peut-être, nous n'avions pas terminé notre recherche, car nous n'avions pas compris le silence d'Héléna.

En cet instant – était-ce de l'amour fraternel ? – je ne pensais plus à moi, je ne pensais qu'à lui, à nos yeux qui se croisaient pour se dire au revoir ou plus probablement adieu, lorsque soudain, j'ai entendu la voix de notre père. Oui, c'était notre père qui chantonnait, derrière moi. J'écoutais la voix de notre père qui vibrait, je l'aimais, je la trouvais belle, car je l'entendais. Pourquoi ? Pour la première fois, curieusement, j'ai senti qu'elle ne m'était plus familière. On m'a souvent dit que notre père avait un accent, et jamais je ne l'ai entendu. C'est étrange comme ce qui est le plus familier est le plus lointain.

Paul M. était un homme généreux. En lui je reconnaissais beaucoup des qualités que j'avais trouvées en notre père. C'était comme s'il était le regard que je cherchais depuis sa mort. Lorsque nous étions sortis de chez Madeleine S., il avait les larmes aux yeux, tout comme là, à l'aéroport, derrière la rambarde, les larmes embuaient son regard, alors qu'il partait, et il me rappelait mon père qui pleurait lorsque je le quittais, mon père qui se faisait vieux, et qui voulait s'appuyer sur sa fille pour ses vieux jours. C'est-à-dire, sur sa vie.

Au milieu de la tristesse, je savais, je pensais que nous ne savions pas tout, que l'histoire ne s'arrêtait pas et je voulais croire aussi que, dans cette lutte souterraine entre le frère et la sœur pour l'amour du père, j'avais été victorieuse. Mais je savais aussi que la vérité nous attendait au bout du chemin.

18.

C'EST pourquoi je décidai de partir avec Paul M. en Italie. Car, jusque-là, nous avions beaucoup parlé de notre père. Mais nous ne savions toujours rien de la mère de Paul M., Héléna. Pourquoi n'avait-elle pas cherché à joindre notre père après cette lettre ? Pourquoi avoir menti à son fils, au sujet de son père ? Pourquoi lui avoir caché qu'il existait, alors qu'elle savait où il était ? Elle qui avait vécu toute sa vie dans la fidélité : elle ne s'était jamais mariée, elle n'avait pas eu d'autre enfant. C'est pourquoi j'ai dit à Paul M. que c'était certainement de son côté que se trouvait la pièce manquante du puzzle.

Mon père

Héléna habitait une maison en Italie, que Paul M. avait gardée après sa mort, telle qu'elle était, intacte. Il n'y était plus jamais retourné. Je lui ai proposé de nous y rendre, afin de chercher des documents, des indices, des indications sur elle, sur sa vie, sur ce secret, et, peut-être, de trouver la lettre dont nous avait parlé Madeleine S.

Nous sommes partis ensemble. Après plusieurs heures de route, nous sommes arrivés dans la maison d'Héléna, une vieille ferme en Toscane au milieu d'une colline où ne résonnait que le chant des cigales. Autour du domaine, se trouvaient des chemins où les oliviers étaient immobiles comme dans un tableau. C'était loin de tout, un petit coin hors du monde, où le temps semblait arrêté. Et la nature aussi : on aurait dit un modèle qui posait immobile pour un peintre céleste.

Mon père

La maison principale avait deux étages. Paul M. m'a attribué l'une des deux chambres qui se trouvait au premier. C'était celle d'Héléna. Il a pris l'autre, qui était la sienne.

Lorsque je suis entrée dans la chambre d'Héléna, j'ai compris qu'elle n'avait pas été ouverte ni habitée depuis sa mort. C'était une grande chambre aux tentures de velours rouge, aux commodes de bois sombre, au parquet verni, et au lit à baldaquin, le lit d'Héléna. Une couche de poussière recouvrait tous les vieux meubles de bois massif et le couvre-lit de velours rouge. Sur la table de nuit, était posé un livre, avec au milieu un marque-page. A côté, se trouvait un petit coffre en bois peint, couvert de poussière.

Il y avait une salle de bains attenante à la chambre. J'y ai fait ma toilette en me regardant dans le miroir où elle avait dû se voir tant de fois. Je tentais d'imaginer son visage, ses traits, sa peau ridée, ses yeux toujours jeunes, car seuls les yeux ne vieillissent pas.

Mon père

La nuit était silencieuse et sombre, et j'avais peur. Je suis entrée dans le lit en frissonnant ; les draps étaient légèrement froissés. Peut-être avait-elle passé sa dernière nuit dans ce lit, dans ces draps, peut-être même était-ce son lit de mort ? Peut-être aurais-je dû demander à Paul M. s'il y avait d'autres linges dans la maison.

Bientôt, je fus prise par un sentiment de terreur, le même que celui qui m'avait habitée le premier soir de la venue de Paul M. chez moi. A nouveau, les questions embarrassantes m'envahissaient : que faisais-je ici, dans cette chambre, dans ce coin perdu loin de tout, avec un homme que je ne connaissais pas ? C'est alors que m'est revenu à l'esprit ce que Paul M. avait dit au sujet de sa femme : « Elle s'est suicidée, après des années de dépression. » Et si c'était faux ? Et si elle ne s'était pas suicidée ? *Et si c'était lui qui l'avait tuée ?*

Je me suis levée de mon lit, pour fermer la porte à clef, lorsque soudain, j'ai entendu des pas derrière la cloison, qui se rapprochaient de ma chambre, comme à reculons, des pas étouffés. Mon cœur s'est mis à battre à tout rompre, mes jambes ont commencé à flageoler. J'ai donné un coup de clef dans la serrure, en essayant de faire le moins de bruit possible, et j'ai collé mon oreille contre la porte. Les pas semblaient se rapprocher. Paul M. se trouvait devant ma porte, j'en étais sûre, dans la même position que moi, l'oreille collée contre le linteau. Je pouvais entendre jusqu'à son souffle. Mais cette fois, il n'y avait pas de téléphone. J'étais seule au milieu de nulle part, seule avec lui, et j'avais la certitude à présent qu'il allait me tuer.

Je me suis éloignée de la porte et je me suis allongée sur le lit, inerte. Je suis restée ainsi de longues, de très longues minutes, jusqu'à ce que j'entende un léger grincement : c'était la poignée qui était en train de se baisser.

– Héléna ?

Mon père

Je n'ai pas répondu. Je retenais ma respiration. Je suis restée ainsi, parfaitement immobile, jusqu'au moment où les pas se sont éloignés.

Le lendemain matin, je me suis réveillée dans la même position que celle dans laquelle j'avais attendu. Sans m'en apercevoir, épuisée par la peur, j'avais fini par m'assoupir. J'ai ouvert les rideaux, et j'ai vu un soleil radieux sur la nature intacte, qui m'a convaincue de sortir de ma chambre. Paul M. était dans le salon. Il m'a saluée comme si de rien n'était, m'a demandé si j'avais bien dormi, et il m'a proposé de m'emmener voir les chevaux de la ferme. C'étaient deux beaux chevaux alezans sans selle, des chevaux sauvages qui galopaient dans un champ, et qui n'avaient pas l'habitude d'avoir un cavalier. Je pensais à Héléna qui devait venir tous les jours les regarder : c'était l'image de la liberté. Lorsque j'ai demandé à Paul M. comment il faisait pour les monter, il m'a répondu qu'il fallait leur inspirer confiance. Devant mon air interrogatif, il a ajouté :

– Il faut qu'ils sentent une direction, non une pression, sinon ils se bloquent et ils ne franchissent pas l'obstacle. Il faut les tenir fermement sans les serrer trop fort.

Devant nous, le paysage éloquent s'organisait avec toutes les teintes de vert, autour des arbres éternels, les buissons impavides, et moi je les voyais s'animer dans la poussière brillante comme mille étoiles minuscules. La journée s'est passée ainsi, dans les champs, malgré la peur que j'avais de Paul M. Je ne le quittais pas des yeux, comme si je devais le surveiller, comme si, en le regardant, j'évitais qu'il ne me tuât. Je tentais de capturer un regard, un geste, qui aurait dévoilé l'autre facette de son personnage, mais il semblait égal à lui-même.

La Toscane était muette et immobile. La Toscane était loin, très loin du père. Mais mon père, cet été, n'était pas loin de la Toscane. Au détour d'un chemin, il m'a semblé le voir qui s'y promenait comme lors de ses dernières vacances.

En pensant à cela, je me suis mise à pleurer, de vraies larmes de tristesse, je me suis assise au bord du chemin, et j'ai pleuré, sans même savoir pourquoi. Paul M. s'est assis sur le sol à côté de moi, au bord du chemin.

— Je crois, a-t-il dit, je crois que le souvenir de ton père te fait souffrir. C'est comme un étau qui se resserre autour de toi, et c'est ma faute.

— C'est faux. Le problème était là avant toi. Il a commencé lorsque mon père a décliné.

— Décliné ? a dit Paul M.

— C'est-à-dire qu'il se faisait vieux, et dépendant. Lorsque j'étais enfant, j'étais dépendante de lui, et lui était toujours là pour moi. Pourquoi ne s'occuperait-on pas de son père vieux, comme il s'occupait de nous lorsque nous étions enfants ?

Mon père

Paul M. a répondu qu'il n'était pas d'accord, qu'on n'était pas tenu de se dévouer totalement à son père. Mais Paul M. n'avait pas eu de père, Paul M. n'avait pas de loi, pas de nom, pas de désir, pas de père. Paul M. était seul sur terre, il n'avait pas de père pour l'appeler le matin et le soir de son anniversaire, Paul M. n'avait pas d'alpha ni d'oméga, n'avait pas de père qui s'occupait de lui, ni de qui il dût prendre soin, Paul M. n'avait pas de vieil enfant, un père, Paul M. n'avait pas de petit homme qui le quittait les larmes aux yeux, n'avait pas de patriarche qui le suivait, le sourire aux lèvres, Paul M. n'avait pas de regard fier posé sur lui, n'avait pas de père qui l'enlaçait, Paul M. n'avait pas connu l'amour gratuit du père, n'avait personne pour l'accompagner, n'avait même pas pu formuler la demande d'être raccompagné, Paul M. ne voyait plus son fils, n'avait pas su être un père, Paul M. ne savait pas aimer de l'amour fou, Paul M. n'avait pas d'origine,

Mon père

donc pas de fin, ne comprenait pas le sens de la vie, car personne ne lui avait dit que la vie n'avait pas de sens, mais que ce n'était pas si grave après tout, Paul M. avait décidé qu'il était trop seul, et que personne ne l'aimait vraiment et c'était pourquoi il avait décidé de trouver un père.

19.

LE soir, nous sommes allés à l'opéra, à Vérone, où *Aïda* était donné. C'était, selon Paul M., l'opéra favori d'Héléna : l'histoire d'une esclave qui n'avait pas su se libérer de ses chaînes, et qui chantait :

> *La terre où j'ai cueilli*
> *Les lauriers de la gloire*
> *Le ciel de nos amours*
> *Comment les oublier ?*
>
> *Vers un sol étranger*
> *Je fuirai avec toi*
> *Désertant ma patrie*
> *Les autels de nos dieux.*

Mon père

Alors j'ai vu Aïda s'allonger sur le sol et hurler sa maladie d'amour. Elle s'est couchée, Aïda, l'esclave, elle finit enterrée vivante dans son tombeau car elle a choisi de suivre cet homme jusqu'aux enfers. Aïda est sous dépendance et les êtres sous dépendance ne s'en sortent pas, ne s'en sortent jamais.

Et moi, pensais-je, dans une grande confusion, n'étais-je pas un être captif ? Allais-je subir le même destin qu'Aïda ? Ou qu'Héléna ?

> *Déjà je vois le ciel s'ouvrir*
> *Là cesse toute angoisse*
> *Là commence l'extase*
> *D'un éternel amour.*

Lorsque nous sommes rentrés à la maison, il était très tard. Nous avons suivi les petites routes sinueuses, et j'ai senti à nouveau la peur. Je ne voulais pas subir la même frayeur que la nuit passée, et cette terreur qui ne m'avait plus quittée depuis que Paul M. avait surgi dans ma vie. Je ne voulais plus souffrir, et il m'était impossible de partir. Il fallait affronter, courageusement, il fallait savoir.

Nous nous sommes salués, et je suis montée dans la chambre d'Héléna. En chemise de nuit, je me suis assise sur le lit et j'ai regardé autour de moi. Tout semblait très calme, si ce n'était les craquements sur le sol de la maison, comme si elle s'éveillait.

– Il faut qu'ils sentent une direction, non une pression, sinon ils se bloquent et ils ne franchissent pas l'obstacle, avait dit Paul M., en parlant des chevaux.

N'était-ce pas ce qu'il était en train de faire avec moi ? Que cherchait-il au juste ? Que voulait-il de moi ?

J'ai jeté un œil sur le coffre de bois peint posé sur la table de nuit, j'ai avancé la main pour l'ouvrir, j'entendais les battements de mon cœur tambouriner contre ma poitrine. Je me suis efforcée de calmer le tremblement de ma main, j'ai épousseté le coffret, lentement je l'ai ouvert. Là, il y avait plusieurs papiers jaunis, un petit carnet et une vieille photographie : celle de mon père, l'air heureux, détaché, à vingt ans. C'était à Paris, devant un hôtel. Je n'ai pu m'empêcher de sourire, en voyant ce jeune homme fringant et beau, élégant en costume blanc, qu'était mon père dans l'insouciance de sa jeunesse.

— Héléna ?

C'était la voix de mon père. Qui appelait-il ? Etait-ce moi, sa fille, ou l'autre femme ?

— Héléna ?

— Oh non..., murmurai-je, en relevant les yeux.

C'était mon père que je voyais dans le miroir devant moi, mon père ou le fantôme de mon père qui s'approchait de moi. Mon père, avec ses cheveux gris, avec ses yeux cernés, et son visage émacié des derniers temps, s'avançait vers moi. De peur, j'ai serré la photo dans mes mains, et je me suis recroquevillée en tremblant, sans oser me tourner.

Mon père

— Ça va ? dit-il de sa voix grave. Tu frissonnes. On dirait que tu as froid.

En effet, mes mains, qui tenaient toujours la photo, étaient en train de se crisper, et tout mon corps de trembler, et mon cœur de battre à se rompre. Par les craquements sur le sol, j'entendais mon père se rapprocher davantage, jusqu'à arriver derrière moi, qui étais sur le rebord du lit. Glacée d'effroi, comme frappée de paralysie, je ne pouvais faire un geste. Alors j'ai relevé la tête. Mon cœur s'est arrêté de battre. Il ne voyait pas que je le voyais dans le miroir au-dessus de la table de nuit. *Il tenait un couteau dans sa main gauche.*

Je n'osais toujours pas faire un mouvement. Il a avancé une main vers les papiers jaunis dans le coffre, en a sorti une lettre.

Alors, lentement, presque mécaniquement, il s'est retourné.

— Tiens, dit-il, en me tendant le couteau.

Il me regardait d'un air déterminé, et ses yeux semblaient lancer des éclairs. Alors je me suis mise à hurler, comme une folle, comme une désespérée.

— Que veux-tu ? Que veux-tu de moi ?

Il y a eu un silence. Mon père me considérait, l'air étonné.

— Et toi, que veux-tu ? C'est toi qui m'as fait venir ici, non ? C'était ta décision !

— Non ! Non ! Ce n'est pas moi, criai-je, hors de moi, ce n'est pas ma faute, pas ma faute... Pas ma faute.

— Allons, Héléna, répondit-il en avançant vers moi. Calme-toi.

Alors il tendit une main qu'il posa sur mon épaule.

— Ne me touche pas ! dis-je en considérant le contenu, en faisant un bond de côté. Ne me touche pas !

— D'accord.

— Que veux-tu, lui dis-je, tu veux me tuer ? Tu es venu pour cela, n'est-ce pas ? Pour me tuer ou pour que je me tue ? Mais pourquoi ? Pourquoi moi ? Qu'est-ce que je t'ai fait ? Qu'est-ce que je ne t'ai pas fait ? Qu'est-ce que je n'ai pas fait pour toi ?

Je m'écroulai en pleurs sur le lit, il s'assit près de moi. Il avait toujours le couteau dans ses mains. Il me considérait calmement à présent. Et moi, tout mon corps était secoué de frissons, de haut en bas. Une sueur froide coulait le long de mes tempes, rejoignant les larmes. Je le considérai, horrifiée.

Et pourtant, j'étais prête, prête à mourir, oui, j'étais prête à être sacrifiée.

Lentement, mon père leva la lame vers moi.

– Cette lettre, dit-il, je l'ai toujours vue dans ce coffre, depuis mon enfance. Elle n'a jamais été ouverte. Moi, je ne peux pas l'ouvrir. Prends ce coupe-papier et fais-le, s'il te plaît.

Alors seulement j'ai compris.

Sous l'effet des lueurs de la chambre, son visage s'était creusé, et ses cheveux avaient pris un reflet blanchâtre.

L'homme qui était devant moi n'était autre que Paul M.

20.

L E jour s'est levé, salué par l'odeur des
gardénias. Le soleil était doux, il
déployait ses couleurs rosées sur les nuages
mousseux. Il n'y avait rien à faire qu'à regarder l'horizon qui déclinait ses couleurs d'eau
claire. Les arbres scintillaient sous la lumière
intense.

Alors nous sommes sortis, nous avons
contemplé la plaine, sans rire, sans sourire, et
Paul M. était calme, immobile devant le
silence.

– Tu regrettes, a dit Paul M.

Non, je ne regrettais pas, malgré ce vide et
ce manque que je ressentais, et cette angoisse
qui m'étreignait, me serrait la gorge comme

une main, une poignée de fer. J'avais rejoint Paul M. dans son gouffre, je l'avais aidé. Mais cette fois, Paul M. était victorieux. Au bout de cette nuit, ce que Paul M. avait gagné, c'était un père, et moi je l'avais perdu.

Cette lettre était écrite de la main de mon père. Cette lettre, Héléna ne l'avait pas ouverte, parce qu'elle pensait savoir ce qu'elle contenait, parce qu'elle ne voulait pas être tentée de succomber.

Et en effet, par cette lettre, mon père disait à Héléna que chaque jour, il regrettait de n'avoir pas su la protéger, la faire partir, ou partir avec elle, qu'il avait pris la décision de tout quitter pour elle, de tout laisser, et il lui parlait de moi, son enfant, cette fille qui venait de naître et qu'il était prêt à abandonner.

Cette enfant qu'il n'avait pas désirée.

– Tu regrettes ? demanda à nouveau Paul M.

J'ai regardé mon frère. Ses yeux clairs me

contemplaient avec compassion, sans orgueil, sans victoire, alors qu'il était en train de gagner dans cette lutte pour le passé. Je le regardais, et je n'avais plus peur de lui. Je le regardais, et je comprenais ma terreur de la première nuit, et de la nuit précédente. C'était l'effroi devant le vide qui me guettait, cette peur de la mort, c'était une peur de la découverte de mon passé, et de la mort de mon père, sa mort symbolique.

Non, mon père n'avait pas été heureux : c'était à cause de moi. J'étais l'enfant qui l'avait empêché de connaître le bonheur. J'étais l'enfant qui lui avait enlevé l'autre. J'étais là à la place de Paul M. Et je portais le nom d'Héléna, car j'étais à sa place, car j'avais pris le rôle d'une mère, d'une épouse et d'un fils. C'était la raison pour laquelle j'avais passé ma vie à tenter de le rendre heureux, à réparer la faute de ma naissance, en étant une mère, une épouse et un fils. Car sans le savoir, et tout en le sachant, je portais le signe de son amour. Je portais son nom, le nom d'Héléna. Par moi, il pouvait rester fidèle à son serment, tout en prononçant chaque jour le nom d'Héléna, qu'il aimait et haïssait à la fois.

J'étais sa douleur de chaque jour, j'étais la preuve de l'échec de sa vie, j'étais son plus grand malheur.

– Non, je ne regrette pas. C'est ma vie que je regrette.

21.

LORSQUE j'ai eu quinze ans, j'ai décidé que le sens de ma vie serait mon père. Puis j'ai vu les années passer devant moi sans s'arrêter, j'ai vu le temps s'écouler comme dans un sablier, j'ai écouté tomber chaque goutte de sable, j'ai senti les rides sur mes mains, j'ai regardé ma peau vieillir, de mes yeux délavés j'ai contemplé le temps, de mes yeux égarés je l'ai laissé courir.

Lorsque j'avais quinze ans, je regardais le temps et je désirais le voir avancer. Je faisais souvent l'expérience suivante : le matin, je me disais que c'était le soir, et lorsque le soir arrivait, je pensais que c'était par l'expérience de ma pensée que je m'étais transportée plus loin et non par la logique implacable du temps qui passe, et cela me donnait l'impression d'être toute-puissante.

A présent, je désire faire l'expérience inverse, je voudrais me retrouver des années en arrière, et que ce soit vrai par la même nécessité, mais je sais que cela ne se produira pas.

A l'origine, était mon père regrettant ma naissance. A l'origine, était mon père me portant sur les genoux, comme un fardeau. A l'origine, était mon père me souriant d'amertume.

Et moi, j'ai quitté l'hiver, j'ai quitté mon père pour le sable blanc, pour la splendeur d'un jardin tropical, entre hibiscus et bougainvilliers, j'ai quitté mon père pour ces instants de gris-bleus intenses et gris foncés, et j'ai quitté mon père d'un pas nonchalant, au milieu des buissons, soumise à l'immobilité,

Mon père

j'ai quitté mon père par un sentiment inouï d'existence, j'ai quitté l'ennui, l'amertume, et le malheur, et le châtiment de moi à moi infligés, j'ai quitté mon père pour le clapot des vagues certains soirs de juillet, j'ai quitté mon père pour la lumière maîtresse des matins, et le scintillement sauvage sur les flaques d'eau, j'ai quitté mon père sur l'herbe et les buissons, et sur le grand océan, j'ai quitté mon père pour la maison idéale, toit de chaume, porte mistral, clef qui chôme, porte ouverte sur la mer rose turquoise, j'ai quitté mon père au son des bruits de l'eau, envahis de mer douce, doucement ébahis vers les rivages, j'ai quitté mon père sous la lune ronde qui se chavire, j'ai quitté mon père, toit de chaume, porte mistral, les yeux plus forts que les requins aux yeux mangeurs d'hommes, plus profond que l'eau turquoise vert de pomme, j'ai quitté mon père sur le soleil au zénith, et moi, je ne veux que la couleur bleue qui est vert turquoise, éclair de

124

bleu du ciel, bleu de l'horizon violé de bleu, de l'eau indigo pastel étoilée de bleu, d'ivre vitesse limpide de bleu des aurores éblouies, de bleu des nuits rassasiées, de bleu des étoiles de l'étole, du bleu de la lune aux coraux incurvés, aux poissons parés de la fête du bleu.

J'ai quitté mon père pour l'homme avec qui je voulais me marier.

C'était loin dans la mer ; il m'avait offert son sourire, sa fleur à la jeunesse sauvage, et tous les colliers à la tige florissante, sève adolescente, et l'homme s'inclina dans le souffle du dimanche, l'homme se pencha vers moi dans la douceur parfaite de l'aube.

Alors le monde de mon père et mon monde s'espacèrent. J'étais un bateau qui dérive dans le lointain, m'éloignant de tous les rivages. Je quittai mon père au bout du monde, sur l'onde aux blancs coraux, lentement la pluie glissant sur la mer en délice, je

Mon père

l'ai quitté sous le ciel étoilé, le ciel différent de la Voie lactée, d'île en île en île, sur les grands mirages.

J'ai quitté mon père, mais mon père ne me quittait pas.

J'appelai mon père : je le trouvai, tel qu'il était, en lui-même, me disant, comme toujours : alors qu'est-ce que tu deviens ? Je lui répondis que j'allais me marier.

La voix de mon père retentit au téléphone. Mon père, injurieux, accablant. Puis mon père, triste, anéanti. Pourquoi, dit-il, cherches-tu à gâcher ta vie ? L'injonction du père : tu dois t'accomplir, te développer, t'épanouir, créer, agir, rayonner. Tu en as les capacités. Ne t'arrête pas en chemin, ne régresse pas, ne t'immobilise pas. Eloigne-toi de toute rencontre, de tout lieu, de tout moment, de toute relation, de tout lien qui n'a pas pour but ton bonheur et ton rayonnement. Avec mon affection infinie, ma fille, car tu es ma fille.

126

Mon père

L'injonction du père : la décision d'un mariage est grave. Personne ne peut la prendre à ta place. Car tu n'es pas descendue du ciel comme fille de personne, et tu n'es pas hors de la société et de l'histoire. On ne joue pas à se marier, parce que les autres le disent et le désirent. On ne se marie pas parce qu'il faut se marier. On ne se marie pas parce qu'on vieillit.

L'injonction du père : ma fille, pourquoi te maries-tu ? Tu n'as pas le droit de dégrader, de dévaloriser, de mépriser une cérémonie qui a un sens infini et une valeur incommensurable ; si tu n'as pas appris auprès de ton père que l'on doit donner tout son sérieux à ce qui nous a été transmis, alors il y a une faille grave dans ta vie. Le sens de certains moments fondateurs échappe à ton pouvoir. Tu n'es pas obligée de les vivre. Mais si tu décides de les traverser, il te faudra garder ta dignité.

L'injonction du père : je me demande, en tant que père, ce que tu es devenue sans moi, et ce qu'il adviendra de toi si tu te maries. Tu as perdu le sens de l'honneur, la conscience de ta valeur, que tu sembles assombrir, l'éclat de ta beauté que tu sembles ternir, l'étendue de ta finesse sur laquelle tu cèdes chaque jour, ta lumineuse image que tu laisses, depuis quelque temps, se remplir d'ombre.

L'injonction du père : tu n'as pas rencontré quelqu'un qui t'aide, te pousse, te soutient dans ton ascension, et dans ton rôle de femme. Tu es obligée par la vie à des compromis ; mais tes compromis sont des compromissions.

L'injonction du père : tu sais que mon affection est infinie pour toi, quoi que tu fasses, que tu mérites tant, et que je désire que tu sois heureuse, et que tu te protèges contre cet homme qui n'est pas à ta hauteur.

L'injonction du père : as-tu rencontré quelqu'un comme moi ?

L'injonction du père : mon amour, ainsi je t'appelle. Tu l'es et le resteras, quoi qu'il arrive. Mais pourquoi ne réponds-tu pas à mes lettres ?

L'injonction du père : ma fille n'est plus ma fille. Certaines qualités précieuses en toi et sur lesquelles tu fondais ta vie sont étouffées. Qui les éteint ? Pourquoi ? Tu parais si lointaine que tu me donnes l'image d'une séquestrée qui n'arrive plus à faire ce qu'elle veut, par exemple : voir son père. Quelle force en toi ou en dehors de toi t'y confine-t-elle ?

L'injonction du père : que se passe-t-il en toi depuis que tu as rencontré cet homme ? Il me semble qu'il est désagréable. Cela, je ne peux l'accepter. Je ne le tolérerai de qui que ce soit, et encore moins de lui.

L'injonction du père : j'ai fermé les yeux et fatigué mon cœur et immobilisé mon esprit à l'idée de ce mariage.

L'injonction du père : je t'embrasse, ma fille.

Mon père

Après les lettres, vint le père. Il arriva et il contempla l'horizon, et il vit le temps dernier, le moment ultime où sa fille le quittait, c'est-à-dire sa vie.

De sa librairie, de sa maison, de sa ville, mon père vint de loin pour faire retentir ses paroles.

Mon père, comme un torrent de pluie, disait : elle ne paraît pas épanouie, elle ne sera pas heureuse, ainsi. Mais qui est cet homme qui a pris ma fille pour l'emmener au bout du monde, c'est-à-dire loin de moi ? Une fille, c'est si fragile, une fille n'est pas comme un garçon, une fille, on lui fait quelque chose, un garçon non, dit mon père. Alors rendre ma fille heureuse est impossible car ma fille n'est pas heureuse sans moi. Et puis : tu reviendras, ma fille, je vais prendre un appartement pour toi et moi, ainsi.

Mon père

Le jour du mariage, mon père, telle une ombre, se fraya un chemin jusqu'à moi. Puis mon père dit que cet amour ne tiendrait pas, et il me dit : il est dix heures. Regarde ce mari, regarde-le bien ; tu ne seras pas heureuse avec lui. Il est dix heures. Partons, partons ensemble, tant qu'il en est encore temps.

Alors j'ai regardé l'homme qui devait être mon mari, et je l'ai trouvé beau et séduisant, et il me souriait, et j'ai compris que je l'aimais. Puis j'ai regardé mon père, de l'autre côté, et j'ai vu ses yeux pleurer, et de ses larmes, il me faisait pitié, et par son chagrin, il m'envoûtait et j'ai pensé que sans moi, il mourrait, et j'ai compris, oui, j'ai compris que j'étais possédée. Alors j'ai quitté l'homme avec qui je devais me marier. Je suis partie avec mon père. Le soir de mon mariage, j'ai quitté l'homme au sourire marin, maison dans l'ombre, clapot triste, et le bleu de bleu s'est changé en gris, à jamais.

22.

CE fut pour moi comme un réveil. J'avais l'impression d'avoir été dans un sommeil ou dans un rêve, et les souvenirs me revenaient, tels des moments irréels. Souvent c'est ainsi : les événements les plus importants de la vie paraissent avoir été vécus dans un rêve, et ce sont les faits les plus insignifiants qui sont les plus tangibles.

— Tu sais, Paul, ai-je dit, à l'aéroport. Je dois te demander pardon.

— Me demander pardon ? Mais pourquoi, Héléna ?

— Il y a quelque chose que je t'ai caché.

Mon père

– Que m'as-tu caché ?

– Lorsque ton père est mort, il avait ta photo sur lui.

Alors Paul m'a regardée devant la rambarde en souriant, et les larmes coulaient le long de ses joues rougies, comme celles d'un enfant qui pleure à chaudes larmes. Et il a murmuré : « Merci, Héléna. »

Et moi je pleurais, enfin je pleurais, et je savais que je ne le reverrais plus jamais. C'était moi l'enfant du passage, et je ne pouvais plus que passer dans sa vie comme dans celle de Georges B.

J'avais été le malheur de son père, puis son instrument. Me nommant ainsi, il m'adorait et me détestait à la fois. Il voulait à la fois mon plus grand bonheur, et l'échec de ma vie car j'avais ruiné la sienne. C'était pourquoi il m'avait empêchée d'épouser l'homme avec qui je voulais me marier.

Ô combien immense est l'empire d'un père. Ô comme je me souviens des pas de son père arrivant à la porte. Son père m'embrassant le matin, avant de partir, et en revenant, posant les mains sur mon front, et, moi, assise, je l'attendais.

Je me souviens de son père se plongeant dans les livres, partant dans l'imaginaire, son père lisant pour s'abstraire du monde et vivre une autre vie car il haïssait la sienne. Et je me souviens des pas de son père revenant de la librairie, et je me souviens de son habit blanc des soirs d'été, du pas de son père, lent, peinant, car il avait le pas pesant, son père, lorsqu'il rentrait chez lui.

Je me souviens de la table de son père. Son père charmant, intéressant, la table bien dressée de son père, et les conversations spirituelles de son père, et soudain, son sourire figé, son sourire triste, car ce n'était pas sa table, et ce n'était pas sa maison, et ce n'était pas son fils.

Je me souviens des pleurs de son père, toutes les fois que je le quittais : c'était pour Héléna.

Enfant, j'ai chanté pour son père. Enfant, j'ai souri à son père. Enfant, j'ai écouté son père. Enfant, j'ai entendu son père dire un poème : ô temps, suspends ton vol, et vous, heures propices, suspendez votre cours.

Mais le temps n'a pas suspendu son vol. Le temps a passé et j'ai regardé les années s'égrener une à une, et j'ai vécu de son père, jusqu'à ce que les années ne nous séparent plus, nous séparent moins.

23.

ET après, comment reprendre la vie, alors que tout paraît dérisoire, et que faire pour aller plus loin, et moi qui reste, que faire ? Que faire de moi ?

Il était âgé lorsqu'il est mort, et j'ai passé ma vie à m'occuper de lui comme s'il était mon enfant. Moi qui voulais être son fils, je suis devenue sa mère, sans savoir que j'avais le nom de sa femme. Aujourd'hui, je voudrais tant remonter le temps, et, juste par l'expérience de la pensée, me retrouver jeune. Mais je sais que cela ne se produira pas, que le temps est irréversible, autant que nous sommes irréels et inachevés.

Aujourd'hui, mon père est mort et je regrette ma vie, ma vie passée auprès de lui à réparer son passé, à trépasser, à fossoyer ma vie. Aujourd'hui, mon père est mort après m'avoir donné la vie, et après l'avoir prise. Aujourd'hui, mon père est mort, et mon cœur aussi.

Aujourd'hui, mon père est mort. Il est trop tard pour commencer à vivre.

DU MÊME AUTEUR

Aux Éditions Albin Michel

LA RÉPUDIÉE, 2000.

QUMRAN, 2001.

LE TRÉSOR DU TEMPLE, 2001.

Chez d'autres éditeurs

L'OR ET LA CENDRE, Ramsay, 1997.

PETITE MÉTAPHYSIQUE DU MEURTRE, PUF, 1998.

La composition de cet ouvrage
a été réalisée par I.G.S. Charente Photogravure,
à l'Isle-d'Espagnac,
l'impression et le brochage ont été effectués
sur presse Cameron dans les ateliers
de **Bussière Camedan Imprimeries**
à Saint-Amand-Montrond (Cher),
pour le compte des Éditions Albin Michel.

Achevé d'imprimer en juillet 2002.
N° d'édition : 20730. N° d'impression : 022902/4.
Dépôt légal : août 2002.
Imprimé en France